楊照談

三島由紀夫

追求終極青春

楊照 著

日本文學名家十講 06

目次

第三章　讀《春雪》與《奔馬》

總序
用文學探究「日本是什麼」

文／楊照

就像吉朋（Edward Gibbon）在羅馬古蹟廢墟間，黃昏時刻聽到附近修道院傳來的晚禱聲，而起心動念要寫《羅馬帝國衰亡史》，我也是在一個清楚記得的時刻，有了寫這樣一套解讀日本現代經典小說作家作品的想法。

時間是二〇一七年的春天，地點是京都清涼寺雨聲淅瀝的庭園裡。不過會坐在庭園廊下百感交集，前面有一段稍微曲折的過程。

那是在我長期主持節目的「台中古典音樂台」邀約下，我帶了一群台中的朋友去京都賞櫻。按照我排的行程，這一天去嵐山和嵯峨野，從天龍寺開始，然後一路到竹林道、大河內山莊、野宮神社、常寂光寺、二尊院，最後走到清涼寺。然而從出門我就心情緊繃，因為天公不作美，下起雨來，氣溫陡降，而且有幾個團員前天晚上逛街走了很多路，明顯腳力不濟。我平常習慣自己在京都遊逛，合理的做法應該是改變行程，例如改去有很多塔頭的妙心寺或東福寺，可以不必一直撐傘走路，密集拜訪多個不同院落，中午還可以在寺裡吃精進料理，舒舒服服坐著看雨、聽雨。但配合我、協助我的領隊林桑告訴我帶團沒有這種隨機調整空間，我們給團員的行程表等於是合約，沒有照行程走就是違約，即使當場所有的團員都同意更改，也無法確保回台灣後不會有人去觀光局投訴，那麼林桑他們旅行社可就吃不完兜著走了。

好吧，只好在天候條件最差的情況下走這一天大部分都在戶外的行程。下午到常寂光寺時，我知道有一、兩位團員其實體力接近極限，只是盡量優雅地保持正常的外表。這不是我心目中應該要提供心靈豐富美好經驗的旅遊，使我心情沮喪。更糟的是再往下走，到了門口才知道二尊院因為有重要法事，這一天臨時不對遊客開放。在當時的情況下，這意味著本來可以稍微躲雨休息的機會被取消了，別無辦法，大家只好拖著又冷又疲累的身子繼續走向清涼寺。

清涼寺不是觀光重點，我們去到時更是完全沒有其他訪客。也許是驚訝於這種天氣還有人來到寺裡拜觀吧？連住持都出來招呼我們。我們脫下了鞋走上木頭階梯，幾乎每個人都留下了溼答答的腳印，因為連鞋子裡的襪子也不可能是乾的。住持趕緊要人找來了好多毛巾，讓我們入寺之前可以先踩踏將腳弄乾。過程中，住持知道我們遠從台灣來，明顯地更意外且感動了。

入寺內在蒲團上坐下來後，住持原本要為我們介紹，但我擔心在沒有暖氣仍然極度陰寒的空間裡，住持說一句領隊還要翻譯一句，不管住持講多久都必須耗費近乎加倍的時間，對大家反而是折磨。我只好很失禮地請領隊跟住持說，由我用中文來對團員介紹即可。住持很寬容地接受了，但接著他就很好奇我這位領隊口中的「せんせい」會對他的寺廟做出什麼樣的「修學說明」。

我對團員簡介清涼寺時，住持就在旁邊，央求領隊將我說的內容大致翻譯給他聽，說老實話，壓力很大啊！我盡量保持一貫的方式，先說文殊菩薩仁慈賜予「清涼石」的故事，解釋「清涼寺」寺名由來，接著提及五台山清涼寺相傳是清朝順治皇帝出家的地方，是金庸小說《鹿鼎記》中的重要場景，再聯繫到《源氏物語》中光源氏的「嵯峨野御堂」就在今天清涼寺之處。然後告訴大家這是一座淨土宗寺院，所以本堂的布置明顯和臨濟禪宗寺院很不一樣，而這座寺廟最難能寶貴的是有著絹絲材質製造、象徵內臟的木雕佛像，相傳是從中國浮海而來的。著名的佛教藝術史學者塚本善隆晚年在此出家。最後我順口說了，寺院只有本堂開放參觀，很遺憾我多次到此造訪，從來不曾看過裡面的庭園。

說完了，讓團員自行拜觀，住持前來向我再三道謝，竟然對於清涼寺了解得如此準確；接著轉而向我再三致歉，我一時不知道他如此懇切道歉的原因，靠領隊居中協助，才弄清楚了，住持的意思是讓我抱持多年的遺憾，他今天一定要予以補償，所以找了人要為我們打開往庭園的內門，並且準備拖鞋，破例讓我們參觀庭園。

於是，我看著原未預期能看到的素雅庭園，知道了如此細密修整的地方從來沒打算要對外客開放，那樣的景致突然透出了一份神祕的精神特質。這美不是為了讓人觀賞的，不是提供人享受的手段，其自身就是目的，寺裡的人多少年來，幾十年甚至幾百年，日復一日毫不懈怠地打掃、修剪、維護，他們服務的不是前來觀賞庭園的人，而是庭園之美自身，以及人和美之間的一種敬謹的關係。那一絲不苟的敬意既是修行，同時又構成了另一種心靈之美。

坐在被微雨水氣籠罩的廊下，心裡有一種不真實感。為什麼我這樣一個台灣人，能在日本受到尊重，取得特權進入凝視、感受著這座庭園？為什麼我真的可以感覺到庭園裡的形與色，動中之靜、靜中之動，直接觸動我，對我說話？我如何走到這一步，成為這個奇特經驗的感受主體？

在那當下，我想起了最早教我認識日語、閱讀日文，卻自己一輩子沒有到過日本的父親。我想起了三十年前在美國遇到的岩崎春子教授，彷彿又看到了她那經常閃現不信任、懷疑的眼神，在我身上掃出複雜的反應。

我在哈佛大學上岩崎老師的高級日文閱讀課，是她遇到的第一個台灣研究生。我跟她的互動既親近又緊張。親近是因她很早就對我另眼看待，課堂上她最早給我們的教材都立即被我看出來處。一段來自村上春樹的《聽風的歌》，另一段來自海明威《在我們的時代》小說集的日文翻譯。她要我們將教材翻譯成英文，我帶點惡作劇意味地將海明威的原文抄了上去。她有點惱怒地在課堂上點名問我，剛發下來的幾段還有我能辨別出處的嗎？不巧，一段是川端康成的掌上小說，另一段是吉行淳之介的極短篇，又被我認出來了。

從此之後岩崎老師當然就認得我了，不時和我在教室走廊或大樓的咖啡廳說說聊聊。她很意外一個從台灣來的學生讀過那麼多日文小說，但另一方面，她又總不免表現出一種不可置信的態度，認為以我一個台灣人的身分，就算讀了，也不可能真正理解這些日本小說。

每次和岩崎老師談話我都會不自主地緊繃著。沒辦法，對於必須在她面前費力地證明自己，就是令我備感壓力。她明知道我來修這門課，是為了不要耗費時間在低年級日語的聽說練習上，我的日語會話能力和我的日文閱讀能力有很大的落差，但她還是不時會嘲笑我的日語，特別喜歡說：「你講的是台灣話而不是日語吧！」因此我會盡量避免在她面前說太多日語，但又堅持用英語與她討論許多日本現代作家與作品。

她不是故意的，但是一個台灣學生在她面前侃侃而談日本文學，往往還是讓她無法接受。愈是感覺到她的這種態度，我就愈是覺得自己不能放鬆、不能輸，這不是我自己的事了，對她來說，我就代表台灣，我必須替台灣爭一口氣，改變她認為台灣人不可能進入幽微深邃日本文學心靈世界的看法。

那一年間，我們談了很多。每次談話都像是變相的考試或競賽。她會刻意提一位知名的作家，我相對提出我讀過的這位作家作品，然後她像是教學般解說這部作品，我卻刻意地鑽找縫隙，非得說出和她不同，卻要能說服她接受的意見。

這麼多年後回想起來，都還是覺得好累，在寒風裡從記憶中引發了汗意。不過我明白了，是那一年的經驗，在日本殖民史的曲折延長線上，我得以培養了這樣接近日本文化的能力。我不想浪費殖民歷史在我父親身上留下，再傳給我的日文能力，更重要的，我拒絕因為台灣人的身分，而被視為在日本文化吸收體會上，必然是次等的、膚淺的。

於是那一刻，我得到了這樣的念頭，要透過小說作家及作品，來探究日本，如此之美，卻又蘊含如此暴烈力量，同時還曾發動侵略戰爭的複雜國度。這不是一個單純的「外國」，而是盤旋在台灣歷史上空超過百年，幽靈般的存在，一直到今天，台灣都還依照看待日本的不同態度而劃分著不同的族群、世代與政治立場。

在清涼寺中，彷彿聽到自己內心的如此召喚：「來吧，來將那一行行的文字，一個個角色，一幕幕情節，一段段靈光閃耀的體認，整理出意義來吧。不見得能得到『日本是什麼』的答案，但至少得以整理出如何叩問『日本如何進入台灣集體意識』的途徑吧。」我知道，毋寧是我相信，我曾經付出的工夫，讓我有這麼一點能力可以承擔這樣的任務。

回到台北之後，我從兩個方向有系統地以行動呼應內在的召喚。一是和麥田出版合作，選書主編了「幡」書系，那是帶著清楚的日本近代文學史概念，針對台灣引介日本文學作品的混亂偏食狀況，特別找出具備有日本近代文學史上的思想、理論代表性的作品，希望讓讀者在閱讀中藉此逐漸鋪畫出日本文學的歷史地圖。

另外，先後在「誠品講堂」和「藝集講堂」連續開設解讀現代日本小說作品的課程。必須誠實地說，我對台灣一般流通的現代日本小說譯本，以及大部分國人所寫的解說，不得不抱持保留態度。最嚴重的問題顯現在：第一，完全不顧作品的時代、社會背景，將小說架空地用自己主觀的心情來閱讀。最誇張的，例如翻譯、解說遠藤周作小說，可以對基督教神學完全無知，也不去查對《聖經》和天主教會固定譯名，而出於自己望文生義臆測。這樣一來，讀者讀到的怎麼可能還是虔信中與信仰掙扎的遠藤周作作品呢？

第二，翻譯者、解說者無法察覺自己的知識或感性敏銳度，和原作者到底有多大的差異。這在川端康成的作品中表現得最明顯，光從字面上去翻譯、閱讀，不能找到方式試圖進入從極度纖細神經中傳遞出來的時序與情懷交錯境界，那就錯失了川端康成文學能帶給我們的最重要感動了。

第三，讀者囿於一些通俗的標籤，產生了想當然耳，而非認真細究的閱讀印象。例如台灣有一陣子突然流行太宰治的「失格」、「無賴」文學；一陣子又轉而流行谷崎潤一郎的「奇情」文學，但對於「無賴」或「奇情」到底是什麼意思沒有認識，對於太宰治與谷崎潤一郎的完整文學風貌也沒有進一步的興趣。如此讀來讀去，都只停留在感受「無賴」或「奇情」而已，無從讓太宰治或谷崎潤一郎的作品豐富讀者自身的人生感知。

在「誠品講堂」與「藝集講堂」的課程中，我有意識地採取了一種思想史的方式來面對這些作家與作品。簡而言之，我將每一本經典小說都看作是這位多思多感的作家，在自己所處的時代中遭遇了問題或困惑，因而提出來的答案。我一方面將這本小說放回他一生前後的處境來比對，另一方面提供當時日本社會、時代脈絡來進一步探詢那原始的問題或困惑。如此我們不只看到、知道了作者寫了什麼、表現了什麼，還可以從他為什麼寫以及如何表現的人生、社會、文學抉擇，受到更深刻的刺激與啟發。

另外我極度看重小說寫作上的原創性，必定要找出一位經典作家獨特的聲音與風格。要綜觀作家大部分的主要作品，整理排列其變化軌跡，才能找出那條貫串的主體關懷，將各部小說視為這主體關懷或終極關懷的某種探測、某種注解。

在解讀中，我還盡量維持作品的中心地位，意思是小心避免喧賓奪主，以堆積許多外圍材料、高深的說法為滿足。解讀必須始終依附於作品存在，作品是第一序、首要的，目的是藉由解讀，讓讀者對更多作品產生好奇，並取得閱讀吸收的信心，從而在小說裡得到更廣遠或更深湛的收穫。

我企圖呈現從日本近代小說成形到當今的變化發展，考慮自己進行思想史式探究可能面臨的障礙，最後選擇了十位生平、創作能夠涵蓋這時期，而且我還有把握自己能進入他們感官、心靈世界的重要作家，組構起相對完整的日本現代小說系列課程。

這十位小說家，依照時代先後分別是：夏目漱石、谷崎潤一郎、芥川龍之介、川端康成、太宰治、三島由紀夫、遠藤周作、大江健三郎、宮本輝和村上春樹。

這套書就是以這組課程授課內容整理而成的，每位作者我有把握能解讀的作品多寡不一，因而成書的篇幅也相應會有頗大的差距。川端康成和村上春樹兩本篇幅最大，其次是三島由紀夫，當然這也清楚反映了我自己文學品味上的偏倚所在。

雖然每本書有一位主題作家，但論及時代與社會背景，乃至作家間互動關係，難免有些內容在各書間必須重複出現，還請通讀全套解讀的讀者包涵。另外因為源自課堂講授，有些延伸的討論或戲說，我還是保留在書裡，乍看下似乎無關主旨，然而在認識日本精神的總目標上，或是對比台灣今天的文學現象，應該還是有其一定的參考價值。

從十五歲因閱讀《山之音》而有了認真學習日文、深入日本文學的動機開始，超過四十年時間浸淫其間，得此十冊套書，藉以作為台灣從殖民到後殖民，甚至是超越殖民而多元建構自身文化的一段歷史見證。

前言

青春意志的至高表現

文／楊照

一九七〇年三島由紀夫高調自殺釀成國際新聞時，我八歲，當然還來不及有所知覺、感受。六年之後，我家從原來所住市井熱鬧的晴光市場搬到了民生社區，我得以發現並飢渴地運用位於敦化北路上，新開設的行天宮圖書館。在那裡，翻著文學類的書卡，我借出了三島由紀夫的《假面的告白》。

依稀記得會對三島由紀夫的書發生興趣，恐怕是出於幼少時的錯誤聯想混淆。三島由紀夫讓我想起母親最欣賞、最愛說的日本明星三船敏郎。其實一直到現在，寫這本書的過程中，某些不預期的段落，我的眼前還是會突然浮現出三船敏郎或瀟灑或英勇或狼狽或悲劇性的面容，取代了三島由紀夫或他小說中的角色。沒有認真去追究，也不可能有明確的答案，但我總覺得在那樣的時代氣氛下，在日本文化的脈絡中，這兩個人有著非常相近的形象與精神。

《假面的告白》我沒有讀懂，真的讀不懂。只記得了小說開頭敘述者將自己的記憶追溯到胎兒時代，讓我極度遺憾自己再怎麼努力回想都對於三歲之前的事找不到任何印象。還有一種勉強可以感覺到的類似感，讓我重讀了之前震撼我的林懷民作品，收在小說集《變形虹》裡的〈安德烈．紀德的冬天〉，感知那種男同愛戀的陰鬱與深沉。

另外就是引發了我不服輸的少年衝動。正因為讀不懂，便賭氣般地將行天宮圖書館中找得到的所有三島由紀夫作品都陸續借出來。〈憂國〉對我來說還是很難理解，《潮騷》就豁然開朗了。然後是讓我在五專聯考前夕一夜無眠放不下書，以至於第二天決定放棄去考試的《午後曳航》。開頭那是什麼樣的禁忌場面啊，偷窺、性愛、母親仍然年輕豐美的肉體、一個如同散放著海水鹽味與海上陽光熱度的男人，讀時幾乎可以聽到自己胸口跳動得愈來愈快，隨著文本清清楚楚聽到了那聲高潮汽笛……

再下來則是《金閣寺》。奇妙地，光是想到溝口因為金閣如此之美而產生了縱火的衝動，就足以使我心跳加快。不得不帶點驚慌地意識到原來自己內在也有這種毀滅性罪惡的一面？如果讓我有機會破壞、摧毀一樣我覺得最美的物品，我也會抗拒不了那樣的誘惑？

然後我開始購買、收藏能找得到的三島由紀夫小說譯本，再過兩年，在當時新開的，位於中山北路上的「永漢書店」，買入了日文本的《禁色》，開始摸索著感受三島由紀夫華麗的原本。

那段開始接觸、認識日本現代文學的過程中，三島由紀夫和川端康成是兩座不斷引我攀爬的高山。然而兩個人的作品在閱讀上卻總是產生很不一樣的反應。閱讀川端康成帶來的是一份迷離之感，讀中文譯本覺得有一層隔閡，必須努力回到日文去理解，但即使讀的是日文，又擔心恐怕自己的日文程度不夠好，文字間、文字背後總好像還是有很多迷迷濛濛的、更深刻更難捕捉的內容逃離我的掌握。

相對地，三島由紀夫所寫的，對我來說要清晰有力多了。一章一章、甚至一句一句都直接搥在心頭，發出一種像是靈魂被敲開的聲音。每一章，甚至每一句敲開靈魂的一個或大或小的角落，把自己嚇了一跳，原來我懂這種經驗、了解這種衝動，原來我的生命中有這樣的極端、荒唐內容！

還有另外一組對照的差異。熱切閱讀川端康成和三島由紀夫的時期，我同時瘋狂地每天寫現代詩，到了幾乎一天不完成一、兩首詩就覺得活不下去的地步。但很奇怪，讀三島由紀夫的作品，總是產生一種將我從現代詩拉向小說的巨大力量，油然生出：「應該寫這樣的小說啊！」的念頭，而且似乎認定自己是可以、至少是有機會寫出那樣作品的。

相對地，川端康成的小說只帶來一重又一重的閱讀挑戰，引我必須一次又一次重讀細讀，動用當時擁有的一切能力，分析的、直覺的、感受的、一點點歷史與文化的，去進行不會有盡頭的挖掘……即使後來有一陣子我專注地寫約莫「掌中小說」長度的作品，主要的創作刺激也不是來自川端康成，而是寫《秋陽似酒》時期的劉大任。

不過回頭想想，最關鍵的對照差異畢竟是：閱讀三島由紀夫從來沒有任何一刻讓我直覺這是一個已經死去的人所留下來的作品。雖然他的小說裡有很多死亡與毀滅的情節，更多死亡與毀滅的想法，但表達的方式總是熱火的、高速的，彷彿汽車引擎正呼吼輸出最大扭力般。

怎麼可能一個自殺而死的人，卻讓人在作品中感受到滿滿的欲望與青春？仍然是強烈對比，川端康成無疑是「老靈魂」，看到生平資料中講到他小小年紀就得到「參加葬禮的名人」稱號時，不得不替他悲傷地連連點頭，他的作品之所以深邃，正因為被時間、被特殊日本式的「物之哀」浸透了吧。來日無多的悵惘使得他格外敏感於摹寫莫名的傷懷。

因而三島由紀夫身上、筆下布滿了生與死的矛盾張力，激烈死去的人卻非但不是時時在作品中向讀者提示死亡，反而使得讀者在閱讀間遺忘了真實的、切身的死亡，將死亡抽象化、美學化，包裹在濃得化不開的青春烈焰中失去了其殺傷、挖空的性質。

這本書沿著過去的閱讀印象試圖直面生與死的矛盾張力。從文學技法與意義的嚴格標準，我將《豐饒之海》和三島由紀夫的其他小說區隔開來，放掉自己年少時期曾經如此喜愛的諸多作品，進行雙重聚焦解讀。一重是以《豐饒之海》為中心，詳密分析這部「終極之作」的構成與推展；第二重是選擇不符合理性的青春肉體執念來貫串三島由紀夫的人生與寫作，希望可以藉此幫助讀者領略「暴烈與美」的奇幻統一。

回到當年八歲的我所不理解的事件，原來那並不是死亡的儀式，而是青春意志的至高表現——三島由紀夫要以死亡來抗拒、終結死亡的陰影與威脅。

第一章

所謂的日本——三島由紀夫的思想背景

讓歐美無法忽視的存在

過去兩百年來，歷史變化的一條主軸，是歐洲文化如何一步步擴張，將主要在十九世紀取得的突破，各種發現、發明，感染、影響了世界上愈來愈多地方。這些歐洲以外地方具體的經歷，最主要的也就是引進歐洲的書籍，透過翻譯認真閱讀，吸收新發現、新發明。

很長一段時間，如此形成了知識上的單行道，歐洲是出發地，傳向其他文明的接收地。歐洲是中心，其他都是邊陲，知識、書籍從中心往邊陲輸送，很少有相反方向的活動。

這段時間中，歐洲不是完全沒有翻譯其他地區的書籍，不過很明顯的，例如說一九三〇年代前被譯成英文的中文書，幾乎都是歷史傳統典籍，極少有當代出版品。倒過來，在中國出現的第一代翻譯家，例如嚴復，他不會將精力放在翻譯希臘、羅馬典籍，也不是去翻譯莎士比亞，他的注意力聚焦在《天演論》、《國富論》、《社會通銓》等這些最新的流行知識。這中間有著高度的時間差，以及不同的文明評價。

這種情況要到二十世紀後半葉，第二次世界大戰結束後，才有了巨大的改變。戰爭是刺激改變的重要因素。戰爭使得美國人、英國人意識到當代中國的具體存在，意識到中國人不只是孔老夫子，不是停留在孔老夫子的時代，有著共時性的中國人，他們有思想、有文學、有書籍值得認識。

戰爭當然更讓歐美人士不能忽視日本的存在。在接觸遠東時，西方對於日本文化表現了高於對中國文化的興趣。西方主要的博物館、美術館通常都有「遠東部門」、「東方收藏」，如果單純從他們的收藏判斷，人們會認為東方最大的國家是日本，因為在質和量上，日本文物最為突出醒目。排在日本後面的，可能是泰國或錫蘭，再來才是印度，相對地中國的存在並不起眼。

日本最大的特色，在於高度美學化的生活，他們的工藝與美術吸引了許多注意。日本的工匠技藝高度發展，工匠的社會地位遠遠高於中國工匠，更有著與其製作成品相輝映的專業自尊信念。日本工匠有意識地創造具備永恆美感價值的物件，很容易讓西方人在初接觸時就留下深刻印象。

而二十世紀的日本，又向西方傳送了像搭雲霄飛車般的驚奇刺激。這個他們過去認識的古老優雅文明，安靜華美的社會，卻爆發出巨大能量，快速脫胎換骨，崛起成為足可以和西方平起平坐的現代國家。一九〇四、〇五年，日本不只是打敗了歐洲的古老大國俄羅斯，而且最終決定性的戰役發生在海上，由海軍贏得了關鍵的勝利。

在那個時代，海軍是現代科技的集中處，從船艦到砲火到操控，都必須以現代科學知識為其基礎，日本竟然進步到在這樣的領域都能和歐洲齊步。不到四十年後，日本偷襲美國珍珠港，決戰的領域又換到更新進的空軍飛機與航行技術了。

從美國的角度看，日本太奇怪了，一方面如此不守信用違反基本文明成規沒宣戰就發動偷襲，另一方面卻又在象徵現代文明的科技成就上如此進步。更大的戰慄驚訝還在後面。

美國維吉尼亞州波多馬克河畔有一座極為有名的雕像，表彰美國海軍陸戰隊的戰鬥精神，雕像上是六名海軍陸戰隊員合力在一個峰頂將美國國旗豎起。雕像是依照真實的戰場相片去刻的，地點是硫磺島。和日本搏戰的「硫磺島之役」是美國海軍陸戰隊成軍以來，最慘烈的一場，陣亡的戰士人數高達出動部隊的百分之三十七，每三個人中就死去一個。怎麼會打得如此慘烈？因為日本人始終不屈服，一直戰鬥到最後，完全違反了一般戰場上可預期的行為模式。

太平洋戰爭打到最後，日本喊出了「一億玉碎」的口號，不只是軍人，連平民都要犧牲生命死守到最後。日本人怎麼可能狡猾到不遵從根本的fair play規則，卻又可以如此壯烈地輕忽生命？到戰爭後期日本人還能造得出科技頂尖地位的零式戰鬥機，然後用具備高超飛航性能的飛機進行瘋狂的自殺式「神風特攻隊」攻擊？就連海軍主力戰艦都會採用沒有回程油料的方式，也運用在自殺衝撞戰鬥上？

日本人不只是不愛惜生命，還將工匠技藝最高峰的製成品以最粗暴的方式毀壞。美國人無法理解，但卻又不能不設法理解。

侵略者與受害者

儘管後來靠著兩顆原子彈總算讓日本投降了，然而美國人面對被打敗的日本人仍然心有餘悸。同樣是大戰中的主要敵人，美國人沒有那麼害怕德國人。就算在德國投降之前成功發明原子彈，美國應該也不會將原子彈投到德國的城市。這是西方文明的共同背景、情感，不像看到日本人那麼陌生，完全無法預測日本的行為，逼得動用最激烈的手段來解決戰爭。

日本是什麼？美國人大感困惑。而後來的發展顯示：連日本人本身都感到困惑，他們也無法解釋自身從軍國主義興起邁向戰爭，堅持到最後只能以無條件投降收場，又立即對戰勝的美國表現出苟活諂媚的一面。「大正民主」到昭和的軍國主義，是逆轉；戰敗投向美國，又是逆轉。一個國家怎麼能如此倒來倒去，每個人變成集體的反面，生出「負面的我們」？

在這件事上，日本和德國很不一樣。戰爭結束，德國納粹屠殺六百萬猶太人的事實被完整揭露，那是不折不扣人類歷史上空前的罪惡行為。德國不只是戰敗國，而且在道德上失去了所有的立足點，以至於德國人甚至不能試圖去解釋為什麼會有希特勒的納粹政權，為什麼發生了納粹大屠殺。任何解釋都會立即被當作是辯護，立即引來最深切的譴責。

戰後的德國人必須將一切吞下去，包括在戰爭後期自身承受的巨大損害。柏林、德勒斯登、漢堡、漢諾威等十幾座城市在英美聯軍的空襲下，幾乎夷為平地，每一座城市的平民死傷都是幾萬人、甚至幾十萬人。但德國人不能說也不能哀悼，只能藉由像馮內果（Kurt Vonnegut）那樣有著雙重身分的作家，以魔幻的筆法在小說《第五號屠宰場》描述德勒斯登大轟炸。德國人的壓抑，造成了奇特的集體心理狀態，刺激產生了現代集體心理學的經典名著，米雪莉西夫婦（Alexander & Margarete Mitscherlich）所寫的《無能哀悼》（*The Inability to Mourn*）。

德國人沒有權利去問：怎麼會這樣？我們怎麼搞出這場大悲劇的？他們心中當然有強烈的疑惑，他們當然想探索答案，但不行，因為他們找到的任何解釋，看起來都會像是在辯護，在表示做這些事是有道理的。

相比之下，兩顆原子彈給了日本一定的自由。日本成為人類歷史上至今唯一的「原爆受難者」，模糊、緩和了原本的戰爭侵略者角色。所以他們能夠不用像德國人那樣對戰爭往事保持徹底的沉默，而在戰後追問：我們是誰？在什麼樣的力量驅使下我們發動了戰爭？我們到底怎麼了？

德國人只能一直道歉，一直承認錯誤，其實他們反而無法實證地探究自己的納粹歷史。日本人在戰後卻對於昭和史，從「滿洲事變」到「二二六事件」到爆發太平洋戰爭提出了很多解釋。他們的解釋必然有左中右不同立場，被日本侵略、承受戰爭破壞的人們，尤其是中國人聽來就格外刺耳、格外難以忍受。

「菊」與「刀」的對比

在這樣的背景中凸顯了潘乃迪克（Ruth Benedict）《菊與刀》（或譯為《菊花與劍》）的特殊歷史地位。

這是一本奇怪的書。研究、解釋日本文化、日本社會，然而作者既不懂日語日文，也沒有到過日本，甚至寫書之前不曾涉入過和日本相關的領域。潘乃迪克憑藉的是什麼？是她作為鮑亞士（Franz Boas）的學生，對於「文化模式」理論有著精到掌握的人類學家身分。她以被美國政府當作潛在敵人關在封閉營區中的「在美日人」為田野調查對象，寫出了這樣一本書。

人類學者可以這麼草率成書、出書？在根本道理上，以研究條件與形成過程判斷，這本書不可能精確地呈現日本文化，卻倉促成書、出書。因為這不是一本學術意義的嚴謹著作，而是戰爭時期的緊急救助措施。潘乃迪克是接受美國海軍的委託，作為在太平洋戰爭中求勝的手段而進行調查的。

美國海軍在第一線上感受到壓力與需求——弄不懂這樣的敵人，沒有把握預想他們會有的戰爭行為，必須從更根柢的層面來認識日本人，讓海軍上上下下心裡有個底，知道日本人的價值觀，尤其是他們的勝敗觀念與生死觀念。

潘乃迪克盡到了戰爭中的公民責任，在極其有限的配備下，緊急進到日人集中營，訪問裡面的各種日本人，有的剛來到美國，有的已經是「二世」，在美國出生長大的，甚至有些是「三世」，父親或母親都是在美國出生的。然後她提出了一個簡要的模式幫助那些要和日本人進行生死決戰的軍人理解日本文化。

那個模式就是「菊」和「刀」的對比。「菊」象徵了日本高度美學化的社會性格，「刀」則象徵了日本集體心理中對於暴力的崇拜。日本文化中，美與暴力是緊密纏捲在一起的。之前的疑惑：「為什麼這樣一個熱愛美的社會竟然變得如此暴力？」得不到答案，因為根本問錯問題了。美與暴力在日本不是對反的兩種性質，而是連結在一起彼此加強的。

所有的事物都會衰敗而變醜，因而追求美、保存美的努力，其中最重要的一部分是在衰敗來到之前完結生命，那當然是暴力。愈是美的事物愈應該拒絕衰敗，也就是以暴力的方式在極美中予以毀滅，留下只有美而沒有衰敗的印象。「菊」與「刀」在這個文化中不是兩個極端，而是統合的一套象徵。以當時的條件，潘乃迪克能夠洞視這點，真是驚人的成就。

同等驚人的，甚至更驚人的，是這樣一本書在戰後翻譯成為日文在日本出版，竟然成了暢銷書。顯然日本人也對自身的文化與處境感到強烈好奇、困惑，不得不在荒敗的情況下展開soul-searching，靈魂探尋。

日本的「轉型」

探尋靈魂的一條路，是找回「武士道」。美國人將「武士道」視為日本軍國主義的直接源頭，在占領期間嚴格禁止任何可能刺激「武士道」復興的跡象，甚至連在書本或電影中出現富士山都以此理由而在管制之列。然而美軍占領一結束，日本文壇立即從重新流行《宮本武藏》引發了「劍俠小說」的熱潮，那其實就是重新認知「武士道」，重新定義「武士道」和日本人、日本社會間的關係。

大約同時期，另外出現了松本清張的社會派推理小說。這批通俗大眾文學的根本意義是整理了因戰爭、戰敗而混亂成一團的「轉型正義」。日本的歷史「轉型」如此激烈，戰敗的同時，原先戰爭中的權力者立即成了被審判的戰犯，權力最大的東條英機等人得到的懲罰也就愈嚴厲。照道理說，在軍國主義之下曾經吃香喝辣的人，現在都應該相應淪落到社會底層了吧？但也不盡然，也有像岸信介那樣的人，和美國占領軍形成了密切政治關係。

在這樣的時代，還有「正義」嗎？人們該如何認知「正義」，從而形成集體的正義感？

松本清張寫的小說很好看，卻絕對不是為娛樂讀者而寫的，他沒有要玩推理的思考遊戲，而是藉由犯罪行為與犯罪動機嚴肅地探索一個社會應有的正義觀。

和「劍俠小說」、「社會推理派」同時期的純文學領域，出現了「戰後派」。「戰後派」不是單純以時間、時代來劃分的，並不是所有在戰後出現的文學作家作品都屬於「戰後派」。「戰後派」的特色是作者有意識地追求寫出戰前不會有的、戰爭環境中不容許出現的形式與題材，刻意凸顯和之前文學風格的區隔。

三島由紀夫將川端康成視為文學上的老師，兩個人都是二十世紀重要的日本作家，而且兩個人的創作生涯時間上重疊，然而從文學史上看，兩個人卻被戰爭隔劃開來，分屬於不同的時代。

川端康成有許多重要作品是在戰後才完成的，但他不是「戰後派」。他的文學風格保留了大正時期的印記，將那個時代的浪漫、耽美以及對於人情的細膩分析在作品中延續下來。三島由紀夫作為文學少年，曾經在戰爭時期寫過復古耽美的小說，然而到了戰後，他必須徹底揚棄那樣的寫作，轉而面對戰敗的新局面，必須處理戰爭帶來的強烈挫折與罪咎。

「戰後派」的寫作潮

「戰後派」的一種寫作潮流，是相當程度上復活了「私小說」的傳統。「私小說」一度是日本近代文學的主流，凝視、揭露自我內在黑暗、不堪的部分，相信一個人是由外在社會規範所不容的黑暗、不堪慾望與行為來決定的。符合社會規範的部分大家都一樣，是集體性的，只有在違反集體性規矩的地方，才有真的「私」，私我、真我。

如此自曝性的寫法，成為軍國主義的眼中釘，尤其在戰爭中遭到強烈禁抑。軍國主義加民族主義要求每個人都當規矩的好「國民」（こくみん），徹底符合「國民性」（こくみんせい），當然不能有什麼頹廢的亂七八糟隱藏思想與私密行為。

然而敗戰牽涉到挫敗與罪惡感，「私小說」的精神此刻可以用來從日本人可能的劣根性探索戰爭的根源。像坂口安吾的《墮落論》或金子光晴的《絕望的精神史》具有高度的代表性。他們的看法相當程度上呼應了潘乃迪克在《菊與刀》中對於日本「恥文化」（shame culture）的描述。相對於西方基督教傳統的「罪文化」（guilt culture），以上帝為無所不知的終極裁判，因為任何罪都逃不過上帝的知覺與記錄，隨時焦慮意識到自己的「罪」；日本人心靈中沒有這種緊張，他們在意的是違背眾人認定的是非觀念又被發現，受到了當眾批判所帶來的恥辱。如果沒有被發現，他們不會認為慾望或行為本身是錯誤的、邪惡的。

坂口安吾認為日本所需要的，是真正、徹底的「墮落」，墮落到無法自圓其說、無法為自己辯解的最底層，日本人才有可能從膚淺的「恥文化」沉降出現「罪文化」，才能擺脫釀成戰爭的文化動因。金子光晴則認為戰後的社會景況顯現的非但不是反省，而是從「恥」更惡化為「無恥」，所以他要溯源從明治維新去追究使得日本人精神破產的絕望歷程。

三島由紀夫作為「戰後派」的作家，他同樣強烈反對日本的「恥文化」，要以他的小說去探索比羞恥更深刻的、更絕對的人心層次。三島由紀夫的小說中充滿了「惡德」，指的是被社會當作是羞恥的事，但其內在其實具備深刻的意義，甚至帶有強大的生命力量。

三島由紀夫參與了「戰後派」的共同努力——探索惡的深度，要擺脫日本人連惡都缺乏深度因而被空洞近乎愚蠢的軍國主義席捲的悲慘過去。

三島由紀夫是第一個作品被大量譯介到西方的日本作家，更具突破性的是，他的西方讀者不限於學院裡的文學或東方文化研究者，而能夠取得廣泛一般閱讀大眾的認同。

除了主要小說作品都翻譯成英文，最受歡迎的《金閣寺》甚至在歐洲的主要語言都有譯本之外，他的幾部小說改編電影還在西方上映，《金閣寺》、《潮騷》、《禁色》、《午後曳航》都受到重視。

三島由紀夫為什麼能吸引西方讀者、觀眾？雖然川端康成得到了諾貝爾文學獎，但那一代的西方讀者、知識界最熟悉的日本作家，不會是名字很長很難記的Kawabata Yasunari（川端康成），而是讓他們能夠朗朗上口的Mishima Yukio（三島由紀夫），或更簡單的Mishima。即使這麼多年後，即使在台灣、華文語境中理解三島由紀夫，我們還是應該將這個現象當作背景存留在心中，會對我們的閱讀理解，發揮很大的指引作用。

三島的作家之路

三島由紀夫的文學生涯的重要轉捩點，是一九四六年，那年他二十一歲，大膽地帶著自己創作的一篇小說，標題是〈菸草〉（たばこ），去拜訪了重要的文壇大家——川端康成。川端康成將這篇小說推薦刊登在《人間》雜誌上，那成了三島由紀夫在文壇綻露頭角的關鍵。再過三年，他出版了第一部長篇小說《假面的告白》，正式躍升為日本文學界的一顆閃亮新星。

從一九四六年到他一九七〇年自殺身亡，有二十多年的時間，比起夏目漱石或芥川龍之介，他的創作時間更長些，然而仔細查看三島由紀夫的作品年表，我們卻不得不同樣驚訝於其創造力的爆發，在二十年間寫了這麼多、這麼多樣的作品。

夏目漱石創作小說的時間，前後只有十多年，以每年平均超過一部長篇小說的驚人速度進行，不過那相當程度上反映了他前面「厚積」的準備。夏目漱石先到英國留學，回日本後當文學教授、寫文學研究與文學評論，很晚才開始小說創作，開筆寫《我是貓》時他已經累積了非常豐富的人生經驗，得以不斷從自我內在蓄藏中源源挖掘，成就了他的創作山頭。

三島由紀夫卻不是如此。他出版第一部長篇小說時，才不過二十四歲。《假面的告白》如同許多人的「少作」，帶有濃厚的自傳性，明顯取材於自己的成長經驗。許多以這種方式起步的作家很快就枯竭了生活題材，無以為繼；三島由紀夫卻不只在小說創作上保持勇猛精進，而且不斷突破自我，寫出了風格多變化又有高完成度的作品。

這麼多年後回頭整理，很確定的，三島由紀夫是日本現代文學史上留下最多公認經典作品的作家，在這方面他的成就高度甚至超過了獲得諾貝爾文學獎肯定的川端康成。

《假面的告白》是無可動搖的經典。中期的傑作《禁色》、《潮騷》、〈憂國〉是經典。他的兩部大長篇小說《鏡子之家》和《豐饒之海》是經典。更不用說名氣最大，最多人知道、讀過的《金閣寺》，當然也是經典。

公認的代表作

如果要選一本書代表三島由紀夫，或說如果想讀三島由紀夫卻只有時間從他的龐大作品中選擇一部，該選、會選哪一部？

很明顯地，對大多數人來說，那部至高的代表作是《金閣寺》。許多人知道三島由紀夫，接觸他的文學，都是透過《金閣寺》。尤其是去過京都旅行，必定要到原名「鹿苑寺」的觀光景點去見識「金閣」燦亮輝煌的姿影，那就更有動機要讀小說《金閣寺》了。倒過來，也因為有三島由紀夫《金閣寺》小說的精采內容，使得這座寺廟及其庭院如此出名，吸引了更多人視為一生必定要到訪的夢幻景點。

《金閣寺》之流行，可以由我自己的書架上竟有三本《金閣寺》中譯本清楚見證。那是一九七六年的大地版、一九九二年的志文再版，加上二〇〇〇年的大地新版。

大地新版和志文版的封面，用的都是金閣的照片。大地新版還特別將金閣屋頂上的金銅鳳凰剪影特寫強調出來。書裡，三島由紀夫是這樣形容的：

> ……屋頂上那長久歲月裡受風雨吹打的金銅鳳凰。這神祕的金色鳥，既不司晨，

也不振翅，無疑地連自己是鳥都忘卻。但是以為牠不會飛是錯的。其他鳥兒飛在空間，而這金鳳凰卻展著輝耀的雙翼，永遠地在時間之中飛行。時間打在牠的羽翼上，打著羽翼，流向後方。為了飛，鳳凰只要以不動的姿勢，怒目、高舉雙翼、翻展尾羽，把堅硬的雙腳，緊緊地踏住便夠了。

然而，這是主角溝口還未見到金閣之前，以心靈之眼想像看到的，時間之流中的金銅鳳凰，而不是現實裡的。真正去到京都、去到金閣寺，他的感覺改變了：

那不過是古老蒼黑的小建築物而已。頂上的鳳凰像烏鴉。談不上什麼美不美，甚至給人一種不調和、不安定的感受。所謂美這東西，竟然這樣的不美嗎？我想。

的確，不管如何努力取景，或許正是因為太努力取景了，照片裡的金銅鳳凰看起來就像一隻僵木的烏鴉。

還好，少年時我沒看過這樣的照片。大地舊版的封面是用毛筆勾勒寫意線條的金閣形象。閣頂小小一點筆觸，甚至沒有試圖要去模擬鳳凰的外形。那是金閣、又不是金閣，某種金閣的隱約曖昧代現，正符合三島由紀夫筆下纏擾、折磨溝口的那個金閣。

《金閣寺》之美

一九五〇年，京都鹿苑寺的金閣被一名年輕的僧侶放火燒毀了，被捕審訊時他回答：「我對金閣之美極為嫉妒，所以把它燒了。」這是小說《金閣寺》的緣起。不過使得《金閣寺》成為感人名著的，是三島由紀夫將對於現實金閣的嫉妒，轉寫成更幽微、更細膩、更不可捉摸的某種「美的困擾」。嚴重口吃的溝口強烈知覺自身的缺陷，知覺他和「美」之間的隔絕，因為如此而對「美」產生了更加無可抑遏的渴求，「美」以拒絕他的姿態存在著，甚至因為拒絕他而顯得更美、更難以迴避。

溝口最早暗戀的美麗姑娘有為子，生命最終留下的影像是：

我從來沒看過如許充滿拒絕的臉色。……有為子的臉……拒絕了世界。月光毫不留情地流瀉在她的額頭、眼睛、鼻梁與頰上，但不動的臉只被月光洗著。只要她稍微動動眼，或動動嘴，那麼被她拒絕的世界，就會以此為信號，從那兒滾進來的吧。……

那是使歷史在那兒中斷，向未來，向過去，都無任何一言的臉。那種不可思議的臉，我們有時會在剛被鋸倒的樹樁上看到。縱使顏色新鮮而滋潤，但成長已中斷，沐浴的風與日光，突然被曝於本來不屬於自己的世界的橫斷面上，美麗的年輪描出來的不可思議的臉。只是為了拒絕，而被拋露在這世界裡的臉。……

徹底的、絕對的拒絕之美，要如何擁有？金閣之美，對溝口來說，不是來自現實的建築，而是作為這種「拒絕之美」的代表，構成了與溝口之間的對決關係，一種纏捲廝磨沒有出路的關係。

那美，以金閣作為實體代表，拉扯著溝口，甚至讓他無法墮落，無法放縱地進入一個殘缺的、庸俗的、不美的世界裡。隨時背負著金閣之美，溝口的生命無法「正常」，倒過來，也就讓溝口將自我生命中種種的「不正常」、種種的敗壞挫折，都傾倒在那恆常魘壓他的金閣上。正因為金閣是「美」，不是醜、不是罪惡、不是邪魔，所以無法被推開、無法被打敗，甚至無法被忽視。

有一次，似乎只有一次，溝口幾乎找到超脫金閣之魅的方法。那是他學會如何吹起柏木送他的洞簫，被音樂包圍了。

音樂有如夢。同時，亦如與夢相反的更高一層的覺醒。……音樂具有把這兩種相反的東西而使之逆轉的力量。因而在自己吹奏的〈御所車〉的曲調裡，我時而容易地化身了。我的精神知道了化身於音樂的樂趣。……每次吹過洞簫，我就這麼想的，金閣為什麼不責罵，不打攪我的這種化身，而保持緘默呢？當我要化身於人生的幸福或快樂時，金閣曾經放過我一次嗎？迅速地遮斷我的化身把我歸還於我本身，這不是金閣的作風嗎？為什麼只有音樂，金閣允許我酩酊和忘我？

少年的我將這段話畫上了粗黑的鉛筆線，那線條極不整齊，應該是反映了當時心情的激動吧！究竟音樂之美和視覺之美，有什麼本質上的差異、或是壁壘呢？那正是拉了六年小提琴之後拒絕了音樂的我，真切困惑著的問題啊！

「美」的魔咒

我不記得多大年紀時、第幾次重讀《金閣寺》時摸索找到的答案：音樂是時間的、短暫的、不會存留的，用三島由紀夫的話說：「美之無益，美之通過體內而不留痕跡，它之絕對不能改變任何事物……」這是音樂，僅只存在於那單一瞬間的絕對「一次性」，隨時間之流飄浮隱沒，不像金銅鳳凰頑強、固執地抵抗時間。

應該就是在與音樂的對比中，溝口找到了金閣的破綻。金閣，包括站立在屋頂上的金銅鳳凰，其永恆性、其睥睨時間的特性，事實上不過是裝模作樣。金閣不是真正不受時間影響的，在金閣高傲的姿態底下，藏著脆弱的「一次性」，毀滅的可能。將金閣的這種「一次性」曝露挖掘出來，對決或許就可以終結了吧！

這才是溝口決定燒毀金閣的真實動機，不只是「嫉妒」。「每一座寺，有一天必然燒毀。火既豐富又放肆。只消等著，乘隙而來的火必然烽起，火與火相攜手，把該完成的完成了。……火是自然而起，滅亡與否定是常態，被建造的伽藍必然被燒毀，佛教的原理與法則嚴密地支配著地面。」

「美」也不能假裝其永恆性，對照出其他事物的卑微短暫。用火將「美」還原至原理與法則的領域裡，或許「美」的魔咒就可以解開了吧！

溝口燒掉了現實的金閣。「勿受物拘，灑脫自在」。可是真正拘執他的，不是、不只是現實的金閣，而是美的魅惑。美只是任意、任性地依附在金閣上，為金閣所代表。暴露出金閣的「一次性」，難道就有辦法同時摧毀金閣所代表的美？

燒掉金閣，在小說中有其必要性與必然性。在那樣的心緒與思辨中，溝口不能不將金閣燒掉。不過燒掉金閣不會帶來真正的「灑脫自在」，我們知道，溝口也知道。沒有了金閣，離開了金閣的「美」的魅惑，終究還是會依託到其他事物上，陰魂不散繼續出現的。

換句話說，燒掉金閣頂多只能帶來短暫的喘息，不會終結溝口與「美」之間充滿張力的對抗。小說的最後一段：

搜尋了口袋，掏出小刀與包在手帕裡的安眠藥瓶。瞄準谷底，把它投擲出去。在另一個口袋裡摸著了香菸。我抽了香菸。像做完工作而休息片刻的人所常想的，活下去吧，我想。

年少時，我掩卷疑惑，不了解溝口放棄自殺決定「活下去吧」的理由何在？活下去，不就遲早得再跟「美的無明」繼續對抗拉鋸下去嗎？這麼多年後，進入中年，過了三島由紀夫寫《金閣寺》的年紀，甚至過了三島由紀夫切腹自殺的年紀，我想我明白了：活下去，繼續對抗拉鋸，至少保留了一點「灑脫自在」的可能；不活下去，那就徹底輸了，被無明永遠拘束住了。

第二章

用生命所創作的《豐饒之海》四部曲

如果一生只讀一本三島由紀夫

在《金閣寺》中，三島由紀夫將一個新聞事件改寫成深刻的心理小說。小說中的主角溝口因為先天口吃，無法自在地以語言和外在世界溝通，產生了和周遭環境間的一種疏離感。而且他一直自覺殘缺，卻以如此高度殘缺的心靈遭遇到了金閣的造型與影像，那象徵、代表著完美，對他這樣一個殘缺者產生了無可言喻的壓迫。以至於他和金閣之間有了奇特的擬人化敵對關係。

三島由紀夫在這本小說中嫻熟地運用了現代的心理語彙去表彰日本的美學觀念，藉由溝口和金閣的對抗，一層一層地將日本美學的獨特文化背景揭露出來，達到了難有其他文學作品能觸及的心靈深度。

不過回到前面的那個問題，如果一輩子只讀一本三島由紀夫的話，那麼我選擇的不會是《金閣寺》，對我來說，必然、只能是《豐饒之海》。

《豐饒之海》不只是三島由紀夫一生創作過最為龐大的小說，共分成《春雪》、《奔馬》、《曉寺》、《天人五衰》四部，而且還是他生命中最後一部作品，以極度戲劇性的方式和他的生命終結緊密地綁在一起。

一九七〇年十一月二十五日，三島由紀夫將《豐饒之海》第四部《天人五衰》最終章的稿件謄寫好，將全書完稿讓「新潮社」派人來取走，隨後就在中午偕同「楯之會」同志前往東京市谷陸上自衛隊東部方面總監部，發動了他切腹自殺的驚人之舉。

他預先約好了去拜訪市谷陸上自衛隊的總監益田，卻帶著「楯之會」的另外四名成員，攜帶長短刀進入總監室，隨即以武力挾持了益田，以殺了益田為要脅，要求自衛隊員集合聆聽三島由紀夫的訓話，訓話的重點是要自衛隊員拒絕接受禁止日本武裝的憲法，並且維護日本獨特的天皇體制與精神。

這樣的場景，三島由紀夫已經準備了很久，在小說〈憂國〉中他就寫過類似的情節。不過小說或想像，畢竟和現實有相當差距。在現實中，這些自衛隊員並未被他的慷慨陳詞感動，激發他們革命行動，他們甚至沒有耐心依照要求肅靜地聽完三島由紀夫說話，半途就鼓譟，還有人訾罵三島由紀夫，叫他住嘴下台。加上警察局和媒體派來的直升機在廣場上空盤旋，巨大的聲響使得沒有用麥克風的三島由紀夫根本無法將聲音遠傳出去，許多自衛隊員始終聽不見他所說的話。

在混亂近乎狼狽的情況下，三島由紀夫退回室內，依照計畫脫衣切腹，並且由森田必勝為他「介錯」（砍頭），隨而又輪到森田必勝切腹自殺，接連地血淋淋地死了兩個人。

從《豐饒之海》解謎自殺動機

這件事當然震撼了全日本，甚至成為國際新聞。如此瘋狂不可思議的舉動，出自一位最知名的作家，除了在日本享有文壇上的最高地位，還是作品外譯贏得最多國際讀者的作家。而且他那年才四十五歲，人生與創作生涯明顯仍然大有可為。

雖然他自殺身亡，但三島由紀夫絕對不是一位厭世者，最明確的證據是他一直持續努力寫作不懈，到血腥行動的那天早上。厭世者不可能以如此冷靜、有紀律的方式，按照自己的計畫，花了五年的時間，去寫完這部篇幅龐大、結構複雜的作品，而且一直到最後一部《天人五衰》的最後結尾，小說內容沒有呈現出任何一點失序混亂。

最後的小說成品，和他將小說寫好之後，闖入自衛隊終結生命的瘋狂行徑，形成了太奇怪的強烈對比，不像是同一人可能做得出來的。能夠如此堅持文字與情節收束美感秩序的作家，不可能有那種狂暴的情緒大鬧自衛隊；如此衝動嗜血的情緒中，又怎麼可能有耐心、有本事總結千頭萬緒的三世輪迴「四部曲」小說？

但無可否認的事實擺在眼前，不可能的兩極性質硬是統合在三島由紀夫身上，他的生與死形成了巨大的謎。

而《豐饒之海》的完成，在時間上和三島由紀夫之死如此接近，也就很自然地讓人傾向於到這部小說中去尋找解釋他神祕死亡動機的線索，將《豐饒之海》視為一部「解謎之書」。

但用這種「解謎」的態度來讀《豐饒之海》，我們會驚訝地發現，這部書中所能提供的線索竟然如此稀少且薄弱，甚至在許多地方出現了令人困惑的衝突矛盾。

從三島由紀夫之死去看《豐饒之海》，最引人注意的，顯然會是其中的第二部《奔馬》。在《奔馬》中，不只有以阿動切腹自殺結尾的情節，而且小說背景拉到戰前一九三〇年代，追索了當時熱切渴望還原「純粹日本」之美的一群年輕人的活動，以及他們對於時局的看法，對於死亡——尤其是切腹自殺——一種近乎絕對的終極嚮往。

《奔馬》小說中有一份關鍵文件，是主角阿勳耽讀的《神風連史話》。因為受到《神風連史話》感染影響，讓少年劍道高手阿勳走上了以暗殺、死亡來效忠天皇的不歸路。事實上，這部小說的第九章整章篇幅，三島由紀夫都用來登載這本虛構的《神風連史話》，明顯可見他要藉此再造的明治時期文本來完整陳述切腹自殺一事意義的企圖。

「神風連」舉事，如同兒戲，而且注定失敗。他們堅持只用傳統武士刀，絕對不讓西方現代武器瀆染他們的純粹精神；能夠號召到的同志只有不到兩百，面對的敵人兵力超過兩千。更糟的是，他們甚至沒有得到自己篤信的神意認可，幾次尋求「宇氣比」（うけい或うけひ），都未獲有正面肯定答覆。起事其實是在明治九年「廢刀令」頒布下不得不勉強發動的，因為一旦「廢刀令」確切執行，不只是他們心中的大和精神代表被剝奪了，未來要武裝起事將更不可能有任何機會。

所以《神風連史話》真正的焦點，與其說在於起義舉事，不如說是醞釀起義敗亡的反應。起義混戰一夜，其實並未對當時強烈西化的明治日本社會有任何衝擊，所以書中也無從讚頌這些烈士的歷史功績，反而是長篇累牘地記載事敗之後，他們如何一個個選擇了切腹或刺喉自殺的命運。

換句話說，起義相形根本不重要，只是個序曲，甚至只是個藉口——引發自殺悲壯美感的藉口。

飯沼勳與《神風連史話》

我們在此似乎看到了小說與現實連結的靈光乍現。我們想起了一九七〇年十一月二十五日當天，「楯之會」進入自衛隊挾持長官要求自衛隊員集合聆訓的過程。同樣也像是一場必敗的鬧劇。三島由紀夫匆匆結束演說，退回室內切腹，過程的混亂、狼狽，一如《神風連史話》裡所描述的起義經過，其無意義、無結果亦一如神風連的行事。

將《奔馬》讀成三島由紀夫的切腹預備告白，我們似乎可以如此解釋：三島由紀夫就像小說中的飯沼勳一樣，抱持著一種至高至極的神聖天皇信念。天皇最重要的本質，不在政治上、不在社會上，甚至也不在歷史上，而在其絕對超越性。天皇的存在保證了世俗一切之上，一種超越價值的存在。從「神風連」到小說中的飯沼勳到三島由紀夫本人，都相信這種超越價值的必然與必要，也都憂心悲慟於天皇超越價值的淪陷與貶抑。他們都覺得必須採取行動來挽救被異質與世俗侵擾的天皇價值，然而不管採取什麼樣的行動，行動本身卻也是對於「絕對」的僭越，也是在「絕對」面前的冒犯，所以行動結束之後，行動者必須訴諸切腹以自懲，來維護自己心目中此一絕對價值的絕對超然性。

這套論理，落在天皇已經淪夷的現實中，變成了實際上是藉著切腹的非常之舉，以切腹的決然意志、犧牲與悲壯之美，來喚醒被遺忘的天皇價值，來抬高被拉低下降的天皇地位。

《奔馬》似乎指點了我們：儘管有那麼多表面的聲音與情緒，真正核心的動作是切腹，而真正核心的關懷，不在天皇，而在超越神聖性的價值。三島由紀夫要護衛的，似乎是一種不被世俗意念與動作所牽絆影響，高於一切卻又籠罩一切的價值，只有這個價值的存在，才能保障人能在世俗功利之外，去追求、去肯證美的必要，也才能保留美的思量不被排除、不被犧牲。

然而以「解謎」的方式讀《豐饒之海》，卻會遇到至少兩個嚴重的問題。第一是：《奔馬》並不是以飯沼勳的觀點書寫的。《奔馬》的主調甚至不是完全同情、認可阿勳的。《奔馬》被包裹在《豐饒之海》似真似假的「四世輪迴」故事架構裡，無可避免必須透過高度理性的法官本多繁邦的旁觀眼光來觀察敘述，本多雖然對輪迴的可能性大感眩惑，卻始終以理性秩序之光照徹了阿勳思想中許多幼稚、荒誕的部分。

小說中，本多讀完阿勳借給他的《神風連史話》之後，立刻寫了一封長信給阿勳，信中有這麼幾句關鍵的話：

> 《神風連史話》是一個已經結束的悲劇，也是個近乎藝術作品的完整政治事件，更是個出自人類天真意念的寶貴實驗，但美如夢境的故事斷不可與今日現實錯亂混淆。
>
> 故事的危險性在於抹殺了矛盾。……這本書只顧執守事件核心的純真，卻犧牲了外在脈絡，更忽略了世界史的關照，也未曾探索被神風連視為敵人的明治政府的歷史必然性。……當時的日本，無論何等不切實際或激進的思想，竟都有一絲實現的可能，即使是彼此相反對立的政治思想，都同樣發自於樸實與純真，這種背景截然異於目前政治體制堅固的時代……

如果三島由紀夫真的認同、認可飯沼勳，那本多繁邦這番真誠懇切的話語，從何而來？小說後來還出現了鬼頭槙子為愛而作偽證想替阿勳脫罪的情節，在槙子偽證下，阿勳必須，也的確否認了自己的純真意志。這一段寫來，我們也讀不出三島由紀夫有任何反諷或譴責的意味。

更嚴重的第二個問題是：《奔馬》並不是三島由紀夫赴死前的最後作品。《奔馬》完成於一九六八年中，離三島由紀夫自殺還有兩年多。這兩年多的時間裡，他一面積極參加「楯之會」的活動，一面快速、熱切地書寫《豐饒之海》的第三、第四部。如果切腹已經是三島由紀夫的中心信仰的話，為什麼《曉寺》與《天人五衰》中，完全不見這個主題的延續，反而一轉轉向了深祕卻又宏闊的佛教唯識哲學，以及帶著虛無意味的真偽輪迴思辯呢？

《豐饒之海》的前導之作——《鏡子之家》

三島由紀夫早就立定了要以《豐饒之海》為其一生當中無可超越終極之作的志向。完成《豐饒之海》立即踏上自殺之路，意味著三島由紀夫認定他已經寫完了能夠給予這個世界最美好、最重要的作品。他表現的姿態是：完成了終極之作後，他甚至不願意等待小說問世，看看讀者與評論家有什麼樣的反應。對他來說，寫完就是寫完了，他自己決定了創造生涯到此甘心地徹底結束。

三島由紀夫切腹自殺前最後一項工作，是策畫了在東京池袋東武百貨的展覽，展期是一九七〇年十一月十二日到十九日，那是少見的「作家回顧展」。三島由紀夫在展覽手冊上自述：「我唯一的提案便是將我充滿矛盾的四十五年劃分成由『寫作』、『舞台』、『肉體』、

『行動』所構成的四條河流，匯聚而成《豐饒之海》。」《豐饒之海》成為他一生的終極象徵，每一個面向的生命歷程，都像是為了完成這部《豐饒之海》而作的準備。

在動筆寫《豐饒之海》前，三島由紀夫寫過的企圖心最大的作品，是《鏡子之家》。《鏡子之家》和《豐饒之海》有著密切的連結。雖然沒有表面上的「四部曲」形式，《鏡子之家》刻意動用、安排了四個主角，四線進行小說的複雜敘事，而這四個人分別代表「感受性」、「行動」、「自我意識」以及「世俗社會」，幾乎可以確切地對應展覽會說明中的「肉體」、「行動」、「寫作」和「舞台」四項分類。從這個角度看，說《鏡子之家》是小型的、前導的《豐饒之海》應不為過。

然而這樣一部三島由紀夫投入心血，視之為自身代表作的重量級作品，出版後卻遭到日本文壇與社會冷漠以對。他在《鏡子之家》寫作上付出了極大的心力，自認寫出了一部最好的小說，卻沒有得到讀者和評論者的認同，《鏡子之家》落得既不叫好也不叫座。

甚至有一種幸災樂禍的意見流傳著，認為一直在日本文壇浪尖上，寫出包括《假面的告白》、《愛的饑渴》、《禁色》、《潮騷》、《午後曳航》、《金閣寺》等精采小說的三島由紀夫，畢竟也有江郎才盡的一天，《鏡子之家》證明了他已經沒有新把戲可以持續震撼人心了。

這當然讓習慣作為文壇驕子的三島由紀夫很氣憤。在《鏡子之家》出版前，他基本上一帆風順，幾乎每一部小說都被翻譯成英文在西方出版，最受矚目的《金閣寺》甚至在他生前就被翻譯成十三種不同文字，堂皇登上世界文學的聖殿，在日本找不到第二個得到這種特殊重視的小說家。竟然在《鏡子之家》慘遭滑鐵盧，而且從此幾年內，他的作品銷量明顯下滑。原先在五〇年代，部分書籍可以賣到二十萬冊，進入六〇年代，他的書竟然有些只賣了兩、三萬本。他在西方聲望節節上升，如日中天時，相對地在日本卻有了一些在海外完全沒有知名度的新進作家賣得比他暢銷許多的現象，帶給三島由紀夫極度強烈的低潮危機感。

接連的挫折

雖然才三十五歲，《鏡子之家》的挫敗，給三島由紀夫帶來了「中年危機」。他因而一度將注意力從文學創作上移開，去參與拍攝電影《風野郎》，飾演一個落魄的黑道分子。但這項嘗試同樣是既不叫好也不叫座，《風野郎》是一部粗糙隨便的低成本二流電影，不可能因為三島由紀夫參與演出就改變其廉價性質，甚至連提升票房的作用都不大。

這段時間中，三島由紀夫又積極觀察、評論騷動日本政壇與社會的「安保鬥爭」，逐漸形成了愈來愈明確的右派政治立場。他曾經以勇士之姿單槍匹馬前往東京大學接受左派學生的論辯挑戰，也曾經寫下極度尖銳的政論文字，還寫了以「二二六事件」為背景的小說〈憂國〉。

不過這部分的活動又帶來另外一項他沒有預期的挫折。三島由紀夫將對於日本政壇的觀察，寫成連載小說《宴之後》，卻在一九六一年初，遭到前外相有田八郎以「侵犯隱私」為由提告，捲入了官司。《宴之後》的確是以有田八郎和東京知名料亭「般若苑」女主人之間關係為原型的，以至於官司最後以三島由紀夫敗訴收場。

到一九六二年，三十七歲的三島由紀夫公開表示：「就在兩、三年內，我將為餘生做好打算。」但他的接連挫折還沒到盡頭，原本在「餘生」打算中應該會占相當重要地位的戲劇活動，又在次年，一九六三年，發生了三島由紀夫和合作了十多年的「文學座」劇團公開反目，他寫了激烈文章批判劇團成員偽善，不只是不歡而散，而且逼得三島由紀夫和戲劇圈疏離。

一九六五年，還在嘗試著「餘生」打算的三島由紀夫獲知自己第一次得到了諾貝爾文學獎提名，刺激他認真思考回歸小說創作，決定開筆寫「四部曲」結構的超長篇小說。他沒有忘掉、放掉這幾年在日本似乎失去目標的遊魂徘徊經歷，逼著他認定：下一部作品，必須要是反攻、復仇的武器，他不只對《豐饒之海》這部小說有很高的期待，而且決心以生命全力，沒有任何保留地奉獻給這樣一部終極之作。

從《鏡子之家》，延續到《豐饒之海》的一到三部《春雪》、《奔馬》、《曉寺》，三島由紀夫仍然沒有得到文壇太多的掌聲。然而他此時壯烈地顯現了另一種心境：作為小說家，他已經給出了所有能給的了，因而得以坦然離開這個世界。

死亡該由誰來決定？

從起心動念寫《豐饒之海》，到五年之後這部「終極之作」完成，中間又發生了一件三島由紀夫絕對意想不到的事，那就是一九六八年的諾貝爾文學獎頒給了川端康成。關於這件事的來龍去脈，請大家參看《壯美的餘生：楊照談川端康成》書中仔細的介紹、討論。

因為和西方文壇的密切來往，加上必然關切每年諾貝爾文學獎得主消息，使得三島由紀夫成為最早得知新聞，並且最早向川端康成恭賀的人。收到三島由紀夫道賀時，川端康成回應說：「我是替你去領這個獎的。」

這句話內中深意表示連川端康成自己都認為三島由紀夫應該是第一個獲頒諾貝爾文學獎

的日本作家。大家都是這樣預期的，沒有想到諾貝爾獎竟然選擇了川端康成。

心情最複雜的，當然是三島由紀夫。川端康成是他最敬重的「せんせい」，最早提攜他進入日本現代文壇，最早為他的少作《盜賊》跨刀寫「解說」，又是他三十三歲結婚時的證婚人。無論對川端康成或其他人，他都必須盡力表現出衷心的高興與祝福；但另一方面，他怎麼可能不了解，川端康成得獎，同時意味著自己應該就和諾貝爾文學獎徹底無緣了。不只是不可能享有「日本第一位獲得諾貝爾文學獎作家」的歷史地位，而且將近七十年的時間才出現一位日本人能得到諾貝爾文學獎，那麼顯然在三島由紀夫有生之年不太可能會再出現另一個日本諾貝爾文學獎得主了。依照當時的情勢，他不可能預見不到三十年後，一九九四年大江健三郎成為第二位日本的諾貝爾文學獎得主。

換句話說，他必須斷了這個念頭、死了關於得獎的心。還必須將人人都可以猜得到的高度失望藏起來，和日本文壇一起高聲慶祝川端康成的榮耀，比任何人都表現得更主動、更積極。

在川端康成的諾貝爾獎旋風中，三島由紀夫尚未完成的四部曲，真的很難搶到媒體和讀者的關切，尤其是剛好在浪頭上出版的第三部《曉寺》，幾乎是無聲問世，讓三島由紀夫更堅定了寫完《豐饒之海》後，不需要再等出版得到什麼反應的決心。

三島由紀夫以最戲劇性的方式自殺，其騷動一直延續到第二年一月他的正式喪禮，那是在築地舉行的公開儀式，有超過一萬人前往參加。從自殺事件發生到轟動社會的喪禮，這過程中，最常暴露在媒體前的是擔任了治喪委員會主任委員的川端康成。他無從推辭這個角色，不管在內心必須承擔多大的壓力。他一定知道：多少人在談論三島由紀夫之死時，會竊竊私語將矛頭指向他，說：「這個老師也在背後推了他一把啊！」大家都認定，川端康成獲得諾貝爾文學獎促使三島由紀夫堅定了用這種炫目方式自殺的選擇。

川端康成獲得諾貝爾文學獎間接地害了三島由紀夫自殺，三島由紀夫之死又反過來給了川端康成巨大的心理壓力，喪禮之後十五個月，疲憊不堪的川端康成也自殺了。

日本文學史上自殺的作家名單排起來很長，光是在三島由紀夫之前，從一九〇〇年到一九六〇年就有：川上眉山、有島武郎、芥川龍之介、牧野信一、太宰治、原民喜、加藤道夫、久保榮和火野葦平等。

為什麼那麼多日本作家自殺？這個問題應該換一種不同的方式來探討，那是思考在日本近代文學藝術追求與如何結束自我生命這兩件事間的關係。關鍵在於：一個人的死亡應該由自己還是由外力來決定？

在日本文化，尤其是文學與戲劇的傳統中，一直有著這樣一個獨特的存在課題，將人如何死去，視為是和自我意識、自我意志的恆常糾結。和中國社會傳統中重視「壽終正寢」完全不一樣，對日本人來說，那種人生結局怎麼會是理所當然的呢？「壽終正寢」表示一個人是純粹在外力下被決定了死亡，死亡與個人意志沒有關係。我們人活著就是通過自我意志做各種決定，那是作為人存在最主要的狀態，那為什麼對於結束生命這件事，卻願意放任完全由外力決定，徹底放棄自我意志作用呢？

所以在日本文化中有一種不同的主張，認為決定自己如何死，是人的重要權力，從而以對待死亡的態度將人分成兩種：一種是放棄這種自我權力的人，也就是沒有強烈自我意志的世人、俗人；另一種是倒過來願意、甚至必須積極伸張這種權力的人。

這是日本根深柢固的一種存在探索，一種很不一樣的生死態度。

《豐饒之海》的創作起點

在日文原版文庫本的「解說」中，佐伯彰一曾經提過一個重要的看法，認為《豐饒之海》是一部企圖與近代小說的大前提與基本常識正面切入對抗的作品；也可以說是三島式的雄壯「反小說」嘗試。

而據村松剛的回憶，《豐饒之海》寫作念頭的起點，應該是昭和三十八年（一九六三年）的秋天，三島由紀夫自述：「我正計畫明年寫一部長篇小說，可是，沒有形成時代核心的哲學，如何寫一部長篇呢？我為此遍索枯腸，儘管現成的題材多得不勝枚舉。」

村松剛是一位有右翼傾向的親法派，一九六〇年代後期和三島由紀夫很親近，因而大家通常就依照他的說法，將《豐饒之海》的創作起點，設在一九六三年。然而如果考慮佐伯彰一所說的「反小說」意念的話，那麼三島由紀夫在心中有了這個想法的時間，必須大幅往前推，推到他二十五歲那一年。

三島由紀夫在一九五〇年，二十五歲時寫下的筆記中，就有了要寫一部超長小說的念頭。而「超長」的這個篇幅概念，是為了要思考、探索、乃至於挑戰小說的基本形式要件。並不是因為想了什麼樣的內容必須用超長的篇幅才能放得進去、寫得完，而是倒過來想：小說有必然的長度限制嗎？有小說長度的必然性嗎？在必然性的前提限制下，能夠撐得起站得住的最長的小說，可以寫多長？應該寫多長？

三島由紀夫從西方小說傳統尋求前例，發現最長的小說，具備必然性與說服力能夠寫得很長很長的小說，幾乎都是歷史性的，也就是在小說敘述的架構是延長的時間。史詩、「大河小說」藉由一個英雄的一生，或英雄世家的流傳組構起來，小說中的歷史時間很長，因而小說也就跟著寫了很長。這是西方小說長度上的基本規範。

當時二十五歲的年輕創作者，卻就野心勃勃地思考：如果要在日本用日文寫一部超長小說，應該找到超越於、外於西方小說傳統的不同理由，要不然只是換用日文去模仿、跟隨西方前例而已，缺乏日文、日本文化的內在必然性。他找到了一個關鍵的突破之處，那就是這樣一部日本式的創新超長小說，一定要揚棄歷史性敘述，尤其是按照一個人或一家人或一個事件建構起的編年體，流水帳般順著線性的時間寫下來的方式。

不過他當時太年輕了，沒有足夠的積累可以繼續思考，遑論實際著手創作這樣一部超長篇小說。要再過十幾年，他找到了比較明確的形式，那就是用四部各自具備獨立時間性的小說，再以非歷史性、非編年體的方式將這四部小說組合起來，形成一個因果連環。

到一九六五年具體動筆時，他將這份野心更形擴大，大到刻意超越了一般一位作家所能夠寫作的可能範圍。他不只要寫四部獨立的長篇小說，而且要給予四部小說各自不同的文字與敘述風格，配合四個不同面向的故事，讓人讀來簡直像是出自四位不同的作家之手。

要創造出四種不同文體，還要讓四種文體貼合四份不同的小說敘事內容，換句話說，要在這過程中，將三島由紀夫這位作家分身化為四個不同人格的作者，寫出四部作品，但最終還能將四部作品有機地聯合成一部超長篇小說。

風格迥異的「四部曲」

三島由紀夫將《豐饒之海》的第一部《春雪》稱為「王朝式的戀愛小說」。「王朝式」指的是從飛鳥時代、奈良朝發展到平安朝大放異彩的文學風格，最大特色在於柔弱與纖細。三島由紀夫要刻意模仿那樣的文體來寫一個淒美、浪漫的愛情故事。而這個淒美、浪漫愛情故事是發生在大正時代背景中，因為大正時代，如同我們在芥川龍之介作品中看到的，相應於後來的昭和時代，具備有高度、奇特的陰柔、陰鬱性格。用這種方式，《春雪》要表現出日本的傳統、日本的內在。

第二部《奔馬》，光是標題就刻意和《春雪》形成明顯的外內對比、強弱對比。第一部小說有多柔弱、纖細，第二部小說就相對地要有多威武、剛強。在三島由紀夫的創作意念上，《奔馬》是激越的行動小說，主題是關於革命、獻身，充滿了熱血，是徹底外放，帶著高度公共性的。

《春雪》以女性的陰柔聲音述說，那麼《奔馬》就是一份純粹陽剛的男性書寫，用這種風格來記錄從大正到昭和的關鍵時代轉折。昭和元年是一九二六年，然而談論「昭和史」，也就是明確地出現異於前代的軍國主義集體風氣，一般將重點放在一九三一年發生的「滿洲事件」以及一九三六年的「二二六事件」，這段變化也就是小說《奔馬》意圖要反映、彰顯的。

另外，以三島由紀夫自己的語言，《奔馬》要表現的，是日本的「荒魂」。那是一種極度陽剛，帶有高度暴力傾向的表現，通常和戰爭或災難同時出現。象徵著願意將自己的生命激烈一擲的態度，認定單一的信念全心以之，無從顧念生命中的其他追求。

第三部《曉寺》要寫成一部充滿異國情調的心靈小說。時代背景是太平洋戰爭，相對地故事便在南洋暹羅的地景與風土中展開。來自高緯度的北國日本，要如何想像、接近赤道附近完全不一樣的生活與文化？又要如何在軍國主義野心下，將如此異質的成分納歸入日本的帝國主義擴張架構中？

《曉寺》書中游移在日本和泰國之間，一北一南，一邊寒帶一邊熱帶，東北亞和東南亞，靠著佛教連繫起來。心理小說的性質來自對於佛教信仰的探討，要表現的是日本的「奇聞」。

到了第四部《天人五衰》，那是三島由紀夫所說的「視像小說」，小說的重點既不在主角，也不在情節，而在於視像、現象，人物、情節都退到後面去了，以變化的現象來凸顯時間的流逝。

相對於第二部的「荒魂」，第四部原本計畫要表現的，是日本的「幸魂」。那是代表祝福與繁榮的靈魂，還帶有豐收的意味。然而這樣的設定，顯然和最終完成的《天人五衰》有很大的差距。

創作《豐饒之海》的五年間

從一九六五年到一九七〇年，三島由紀夫維持了驚人的創作意志力。自己將《豐饒之海》的規格拉到那麼高，光是具體的字數就在百萬之譜，還要實現在四部小說中運用四種不同的文字風格，而且內容上牽涉到諸多必須仔細考證的歷史細節，加上艱難燒腦的佛教唯識哲學思考。

要在五年間不鬆懈、不放棄地按照進度持續書寫已經近乎難以想像了，在這五年間，三島由紀夫還不是將全部時間都投注在這部巨篇的寫作，他同時創作、發表了眾多不同的散文、小說作品，並且改編自己的小說〈憂國〉為電影，從製片、導演、男主角全都一手包辦，還在舞台上創作了特殊的「近代能樂劇」作品《熊野》。

最難能可貴的，書寫《豐饒之海》明顯是所有活動中最費力的，後來還證明了也幾乎是最不討好的工作，這樣的挫折都沒有阻撓三島由紀夫持續精進完成計畫。一九六八年《春雪》出版，市場上反應熱烈，半年內賣了將近二十萬冊，看起來恢復到三島由紀夫小說作品最受歡迎時期的水準，然而熱銷卻詭異地並未連帶激起討論，似乎大部分讀者雖然衝著作品的名氣買了書，但無法輕鬆讀完內容，更難掌握三島由紀夫藉由小說要表達什麼。因而出版社乘勝追擊推出的第二部《奔馬》就無法複製第一部的銷售成績了，等到一九七〇年《曉寺》問世，得來的更是市場與評論上的雙重沉寂。

但三島由紀夫堅持著。一九六九年二月時他還預計四部曲會在一九七一年底完成，結果實際上竟然才到一九七〇年十一月《天人五衰》就脫稿了，整整提早了一年。

只能說，一來寫《天人五衰》時，他進入了一種創作的白熾狀態，快速跳過了許多理應會出現的障礙、瓶頸；二來他主觀上急著想早些完成這部早已決定是絕筆終極的作品。

他急什麼呢？在一九六九年二月寫成的文章中，三島由紀夫說：「我害怕讓這部小說結束，一來是因為它已成為我的半個人生。二來因為我害怕這部小說的結論。」這個時候，第三部《曉寺》還在進行中，第四部的書名甚至尚未確定，但顯然他已經決定了書寫完同時也就是他自己生命的終結，書的結論和他生命的結論如此緊密纏捲在一起。一方面，這部小說創作時間拖得很長，他已經習慣了日常生活裡和自己創造出來的人物、情景相處，小說寫完了當然會有失落感；但另一方面分量更重的，是他確定以小說的終結作為自己生命的終結。

事實上他的反應，不是針對這兩方面的害怕而拖遲邁向小說終結的腳步，反而加快速度，比預定早了一年寫完《天人五衰》。從一九六九年二月到一九七〇年十一月間，三島由紀夫的生活與思想出現了什麼樣的激烈變數嗎？這問題顯然不可能在描述切腹、更早就寫成出版的《奔馬》中找到答案，只能藉由仔細閱讀、分析《天人五衰》來探索。

挑戰小說的前提與常識

三島由紀夫矢志要寫一部突破自己過去成就的長篇小說，尤其是要超越自己之前努力創作卻未受好評的《鏡子之家》，他受著龐大的壓力，外在的和內在的，社會的與創作自我的壓力，必須讓下一部作品能夠承載、彰顯「時代核心的哲學」，而他找到的一條路，似乎就是「挑戰小說的前提與常識」。

這裡所說的「小說」，指的是西歐近代小說。一種以個人為單位，展現為各式各樣自我完成的文體形式。這個文類的核心原型，是「成長小說」（Bildungsroman），追索人在時間裡如何經歷變化。「成長小說」集中記錄從少年演化為成人的過程，然而由「成長小說」擴大，小說這個文類也嫻熟地揉入了其他不同階段的變化，從青年到壯年、壯年到中年、中年老化以迄死亡的籠罩；從婚前到婚後，從組織外到組織內，從家庭裡到逃離家庭……等等。

這個文類傳統著重個人、著重時間。三島由紀夫於是在《豐饒之海》裡設計了一套二元結構，試圖藉對照、對比來突破西歐近代小說的既有框架。

本多繁邦在小說裡不只是扮演「理性」的角色，他還擔負了作為近代小說原型的「對照組」功能。四部小說緩緩展開，從明治時代一直走到二次大戰結束之後，本多繁邦由二十歲的少年，變成了八十歲的老人，這一部分，一階段、一階段的人生變化，記憶與現實的纏結，生命情調或沉緩或劇烈的轉折，都是符合西歐近代小說路數的。不只如此，以本多為中心的這一部分敘述，又被包裹在日本近代歷史大衝擊的外在社會因素裡：《春雪》寫了日俄戰爭後貴族的沒落；《奔馬》記載了軍國主義的湧動；《曉寺》則處理日本向南洋前進的經驗；《天人五衰》又將背景設在戰後荒蕪慌亂的條件下。這些綜合集中起來，給了《豐饒之海》明確的「大河小說」（roman fleurre）性質。

不過，以本多繁邦和日本近代歷史串接的敘述之流，卻在小說中不斷被侵擾，甚至被取代了。侵擾、取代的，是四個縱情燃燒、彗星般的角色。用佐伯彰一的話說：「憑著浪漫的決定截斷時間、超越時間——書中淨是懷著這種希冀的主角們，在一部接一部中登場。」

一九六五年，三島由紀夫將驚人的創作野心付諸實現，他找到了如何寫這部小說的一項關鍵。這是一部解釋世界的書，「四部曲」的每一本針對世界的一部分進行解釋，而要將「四部曲」有效地連結起來，才能成其為那樣全幅完整的世界圖像。

用他自己的說法：「慶幸我是個日本人，因而輪迴的思想就在我的手邊。」找到了輪迴，感覺到自己能夠掌握輪迴的奧義，是刺激他開筆撰寫《豐饒之海》最重要的突破。

《豐饒之海》與輪迴轉世

即使不是佛教徒，即使沒有正式接觸過佛理，大家對於輪迴都有一定的印象。「六道輪迴」在我們日常語言與生活中，告誡我們為什麼要做善事、累積善業。人死了之後，會有輪迴的下一波生命，而下一次的生命形式，是由之前各世累積的「業」（karma）總和來決定的。這一世你能活得「人模人樣」，其實是「人身難得」，要靠之前很多世累積善業才能修得這種較高等級的生命型態。人死後可沒有必然在輪迴復生為另外一個人，而有可能被降等淪入成為畜生、惡鬼；當然也有可能上升轉型為阿修羅或天人。

三島由紀夫在小說中運用的輪迴觀，比一般常識要深奧得多，源自於佛教中的「法相宗」與「唯識論」。法相宗在中國佛教史中有一個名人信徒，那就是西行取經的玄奘法師。

因為他到印度取回大批佛經的貢獻，再加上小說《西遊記》的廣泛流傳，使得玄奘，也就是唐三藏，成了中國歷史上最有名的和尚。不過，玄奘自身所傳的佛法，卻是佛教派別中最少人知、也最為難知的法相宗。

「唯識論」帶有高度的思辨性，和儀式或信念都無關，是一套嚴謹、艱深的論理。三島由紀夫特別認真學習了「唯識學」最重要的典籍《攝大乘論》，弄懂了《攝大乘論》的思想，才提供了他突破西方小說規範架構超長小說的基礎。

一九六四年還出現另外一項契機，那是三島由紀夫的前輩老師松尾聰注釋出版了一本古老的王朝文學作品《濱松中納言物語》，這本書中一段情節打動了三島由紀夫。濱松中納言和他的父親兩人都是美男子，父親死後據傳轉世到中國，讓兒子大感羨慕，既羨慕父親能夠轉世，也羨慕父親得以轉世到中國。在這樣的心情下，濱松中納言決定到中國去尋找轉世的父親，在過程中發生了許多奇遇、豔遇，構成了「物語」的主要內容。

從《濱松中納言物語》三島由紀夫得到了啟發，用本多的夢在《豐饒之海》裡將輪迴的四個人連結起來。

三島由紀夫寫出來的，不是一個人死後轉世換一個身分活下去，一共有四段的「前世今生」故事而已。小說中的「輪迴」帶有來自《攝大乘論》的複雜唯識學論辯，而且那介於夢境與幻覺間的線索訊息，則是從古典的《濱松中納言物語》脫化出來，有這麼兩本重要的參考書。

百萬字海中航向生命終點

展讀《豐饒之海》很容易感受到書卷龐大的分量，然而了解三島由紀夫的創作過程後，我們應該明瞭其實長度並不如原先以為的那麼重要。大仲馬的《基督山恩仇記》或金庸的《天龍八部》都是超長小說，長度可能還超過《豐饒之海》。然而一般我們能讀到的超長小說，都在綿延的長度中稀釋了文字與敘述的濃度。但三島由紀夫主觀上追求維持百萬字的一貫緊密濃稠，而且竟然確實做到了。

《金閣寺》是極為傑出的小說，但絕對和《豐饒之海》不在同一個等級上。那就更不要說三島由紀夫寫得很暢快、很輕鬆的浪漫作品如《午後曳航》或《潮騷》了。透過《豐饒之海》以外的其他小說來認識、衡量三島由紀夫，因而都必然低估、錯估了他，恐怕也就無法理解自身如此高才的川端康成為什麼會用「兩、三百年才出現一次的才能」來形容三島由紀夫。

也因此百萬字的《豐饒之海》值得我們認真一字不漏地從頭讀到尾，一邊讀一邊感知三島由紀夫的命運，逐漸一章一章、甚至是一段一段由小說領著我們走向他生命的終點。

我們明白知道，寫完這段文字之後，三島由紀夫就在自己選擇的日子前往自己選擇的地點赴死：

這是個毫不出奇，閒靜明朗的庭園，像數念珠般的蟬鳴占領了整個庭院，除此之外，沒有其他聲音，寂寞到了極點。這庭院什麼都沒有。本多覺得自己來到了既無記憶也沒有任何東西存在的地方。

怎麼可以如此平靜又如此空洞！這裡有著令人難以理解因而感到震撼的意志力，能夠不慌不亂地將創作意圖維持五年、一百萬字，甚至連死亡都無法讓小說家三島由紀夫多眨一次眼皮，不當地露出任何一點慌張、動搖。而我們必須經歷並完成這百萬字的漫長閱讀旅程，才會知覺這結束的寧靜力量，彷彿和一種無法描述的生命光環終於連繫上。

這部小說不容摘選，不容取巧，如果不能從頭到尾領會三島由紀夫創造的濃稠文本，如在蜜漿中涉足般走過，就不可能到達那個不可思議的終點，而且也就不可能體會以輪迴拉長的循環無限時間和一般日常經驗間的絕然差距，讓三島由紀夫帶著我們進入另一種無法以其他方式言說的時間與生命模式中。

《豐饒之海》的最佳譯本？

不過大家在中文環境裡要走這樣一趟如同朝聖般的閱讀旅程，會有根本的障礙，那就是不容易找到適當的譯本。這樣的內容，當然對譯者是很嚴酷的挑戰。現在你們能找到的，大多是大陸譯者翻譯的，台灣譯者的版本通常比較老，往往已經斷版了，只能在二手書市場找得到。

這兩種性質來歷的譯本各有優劣。總體來說，台譯本多半出自前輩譯者之手，這些老台灣人具備有比較細密、準確的日本感性，比較能夠傳達日本人的獨特心情，而且他們寫的，是一種特別為翻譯日本文學作品而存在的中文。那不是「純正」的中文，正因為不純正，所以能帶我們更接近三島由紀夫。

余光中曾經寫過一篇提倡「純正中文」的文章，標題是〈論的的不休〉，將矛頭指向現代人寫的句子裡有很多「的」，破壞了原來中文的嚴整結構與準確表達。我可以理解余光中無法忍受看到那麼多「的」的心情，但他的文章犯了以偏概全的嚴重問題。他將「的的不休」視為是受西化、尤其是英文翻譯影響所造成的現象，這至少在台灣絕對不是準確地描述。余光中不懂日文，顯然又很少接觸日本文學作品，對於台灣的日文歷史背景缺乏同情理解，忽略了從日文而來，很不一樣的運用「的」的方式。

像是陳映真，一位了不起的小說家，同時也是了不起的文體家。他創造了自我獨特的風格，在綿長的句子中穿插了許多「的」，藉以趨近台灣人在受到日本文化全面影響時的經驗與感受。那樣的文體自有其來歷、自有其文法，絕對不能視之為純正中文的敗壞、淪喪。在日文中經常使用同位格，比中文、英文都頻繁得多，如果要予以保留，就只能運用「的」。中文會說：「二嫂長得很漂亮」，文法中一定要分出主詞和形容詞，但日文的習慣卻是將「二嫂」和作為「美麗女人」的性質以同位格呈現：「美麗女人的二嫂」，將這樣的同位格當作是主詞來運用。「美麗女人的二嫂從衝動慾望的心底疼惜比二哥小了十一歲的弟弟。」這樣一個短短的句子中，就用了三個同位格，「衝動慾望」和「心」是同位格；「弟弟」和「比二哥小了十一歲」也是同位格。如此而從同位格間製造出複雜糾纏，引發讀者種種聯想的關係。這樣的句子如果改寫成純正中文，就失去了日文中的意味了。

例如在三島由紀夫的長篇散文《太陽與鐵》中，有一段談肉體與語言關係的，他就明確地以文法上的「同位格」來鋪陳。對待這樣一位具備高度日文文法自覺的日本作家，在翻譯他作品時，能夠不特別注意、特別保留文句中俯拾皆是的同位格？如果不「的的不休」又如何在中文裡呈現這種同位格的豐富性？

老台灣人的舊譯本，比較會尊重、保留這種日本文法與感受，因為這些譯者往往本身就沒有學過、沒有學好純正中文，不會有純正中文的迷思。和後來中國大陸必定用純正中文來翻譯的文本，讀起來很不一樣。

不過，台灣的舊譯本有一個共同的毛病。那時候翻譯不是嚴謹的專業，加上譯者不會有很好的參考資料查考配備，所以文本中不只是會出現許多錯譯，從今天的標準看更驚人的，會有很多漏譯。理由很簡單，遇到讀不懂的地方，譯者就跳過去不譯了，反正編輯和讀者不會知道、也不會追究。產生的不是有意識的「摘譯本」，而是高度隨興的「漏譯本」。

相對地，大陸出版的都是全譯本。不過卻也因此，書中會有很多讀來莫名其妙的段落，來自於譯者其實完全不知道作者到底要表達什麼，只是看著字句硬譯。譯者自己都不了解文義，讀者當然很難透過翻譯還原文章所要傳遞的訊息。

因而容我再強調一次這樣的基本立場：閱讀像《豐饒之海》這樣的小說，千萬不要設想找到一個「最好」的譯本。最好的讀法是將能找來的譯本都找來，一章一章、甚至一段一段對讀。即使完全沒學過日文、不懂日文，也可以將原文本放在手邊，不時翻開，看著你能辨認的漢字，和手上的中文譯本對照。這樣你應該可以感受到三島由紀夫在「四部曲」中創造運用的四種文體基本差異，體認他對於自己能夠像是化身為四位作家來寫這部空前風格作品的自豪。

四種文體中，無論是寫作上或翻譯上最困難的，首推《春雪》。三島由紀夫採用了纖細柔弱的聲音，放進了許多類似日本和歌的句法，但卻又保留了他運用艱深少見漢字的習慣，寫出了一種如果用谷崎潤一郎的觀念來評斷，應該是介於「和文體」與「漢文體」間的仿古美學。

從一部讀到另一部的過程中，我們應該放在心上隨時提醒自己，三島由紀夫主觀希望日本讀者不斷情不自禁地讚嘆：這四部作品如此不同啊！每一部都從文字到情節彰顯了個性鮮明的日本現代史段落。這有可能是同一個人寫得出來的嗎？

但讀者又會立即轉而肯定：這當然是一個人寫的，因為有著那麼深奧又巧妙的佛法輪迴觀念貫串了四部小說。不可能有別的作家能在佛教論理中浸潤如此透徹，入其中出其外，講得清楚明白。

第三章

讀《春雪》與《奔馬》

纖細而柔美的《春雪》

依照三島由紀夫自己的說法，《春雪》是要表現「和魂」的，「和魂」不是簡單的日本的靈魂，而是和第二部《奔馬》的「荒魂」形成對比，兩者對應起來時，「荒魂」是陽剛的，「和魂」是陰柔的。

「和魂」的「和」是從與「漢文」區別的「和文」而來的。日本引進了漢字之後，在歷史上形成了兩種不同的書寫形式——由假名表現的「和文」，和由漢字承載的「漢文」。一個是幾乎純口語的，另一個則有比較強烈的書面成分，再進而有從這裡產生了陰性、陽性，或說女性書寫與男性書寫的差異。

假名容易學習，又是直接表音的，所以稍微受過教育的女性都能運用；相對地，要能學眾多漢字，準確掌握每個漢字的意思和用法，那就幾乎只有男性才能得到那麼長久、堅實的教育投資了。因而在日本傳統中，「和文」就和女性、陰柔表達風格連結在一起。

《春雪》要寫的，是纖細、柔美的愛情故事，而且從主題、意念到文字運用方式都要和後面呈現「荒魂」的《奔馬》構成強烈對比。所以小說《春雪》的主軸，當然是松枝清顯和綾倉聰子兩個角色間的曲折愛情過程。

不過，三島由紀夫沒有要純寫一個浪漫愛情故事，他在這個主軸之上，添掛了許多其他內容。因而讀這部小說的一種方式，是將浪漫愛情的主體先整理出來，然後再討論主體以外的附加意義。

最核心的故事：松枝清顯在綾倉家長大，和聰子是青梅竹馬。小說中清顯回想起兩人一起練習寫書法，看見聰子側臉影像，讓他難忘，顯現兩人如此相伴成長的特殊關係。

後來清顯回到自己的松枝家中，兩人不再能共同生活，有了距離而改變了關係。有一天，聰子和一群客人到松枝侯爵家來遊賞庭園，她突然問了清顯一個問題：「如果有一天我突然消失不在了，你會怎麼樣？」這個問題深深困擾了清顯，而且他更疑惑為什麼聰子要這樣問？終於他找到了頭緒，認為聰子是藉由這種方式在告訴他即將要到來的婚約，「消失不在」指的是她嫁人之後，沒辦法繼續和他維持親近關係常常見面的情況。

但他想懂時，整件事情已經決定了。聰子考慮了十天之後，回絕了親事提議。清顯最先的反應是鬆了一口氣，困惑困擾都解決了，不只是確定了聰子為什麼要這樣問，而且明顯是因為心裡有他、在意他，所以終究拒絕嫁給別人。

可是很快地，清顯的心情轉變了，他回想自己飽受困擾折磨的那幾天，轉而痛恨聰子竟然用這種方式陷他於高度痛苦中。他衝動地做了一件自認為可以讓聰子難過，因而收到報復效果的事。他寫了一封告白信，在信中捏造了自己隨著父親去「男人長大過程中應該要去的地方」，在那裡有了體驗，因而要向聰子說：

> 所以我現在看待女人的方式已經完全不一樣，我不會再用以前的那種方式珍惜妳、看待妳，妳也不要用以前的那種方式誤以為我是什麼樣的一個男人。

然而在信寄出之後，清顯立即後悔了。他打電話給聰子，請她承諾收到信之後就將信燒掉，絕對不會打開來看內容。後來遇到聰子，看起來聰子神情態度沒有任何異樣，清顯放下心，覺得聰子應該真的沒有打開信就燒毀了。

但他錯了。聰子的真實反應當然是被清顯的請求激起了更高的好奇，看了信並且對信中所言大感困擾與難過，於是這樣一位有個性又有行動力的女子，她直接去找清顯的父親松枝侯爵查證，發現根本沒有這件事，清顯信中寫的是假的。換成聰子鬆了一口氣，但她不可能真的不被這件事影響、改變。

兩個人都被改變了。從原本青梅竹馬的單純互動，而意識到對方的愛意。新的愛情將兩人拉近，卻又以各種方式折磨兩人。

自取毀滅的愛情

清顯後來知道了聰子看了信，還去向父親求證，他感受到被背叛又被揭穿的尷尬、羞辱，一度斷絕了和聰子所有的互動來往。這段時間，綾倉伯爵家應該為女兒安排婚姻的壓力愈來愈大，出現了新的對象來向他們提親。這次請求婚約的男方是皇室的王子洞院君。那不只是貴族中地位最高的未婚男性，而且洞院君在明治天皇去世、大正天皇即位的變動時局中扮演了關鍵的政治角色。這是綾倉伯爵絕對不可能拒絕、沒有權利拒絕的婚事。

偏偏這段時間清顯和聰子鬧脾氣，不看她寫來的信，也不接電話，於是聰子當然只能接受洞院君的求婚。因為是皇室的婚姻安排，必須經過宮中複雜程序儀式，有一段等待同意批准的時間。

清顯又生出新的念頭。在宮中正式同意書頒下來前聰子寫來的最後一封信，雖然他還是將信撕掉了，沒有看信中內容，但他猜測那應該是聰子最後的懇求。依照他對聰子的認識，他想像信中寫著：如果你願意有所表示，我還是可以悔婚不嫁。於是他依照這樣的想像，聯絡了老女僕蓼科一定要聰子和他見面，如果聰子不從，他就要將這封信公開，讓大家知道聰子曾經願意為了清顯悔婚。那就不只是對聰子，對綾倉家都會帶來無法彌補的嚴重傷害。

聰子不得不被要脅而和清顯見面了，但兩人間本來就有的濃烈感情使得情況迅速演變成連續的幽會，到後來聰子懷孕了。居中替兩人牽線聯絡的蓼科無法承受可能東窗事發帶來的壓力而企圖自殺，蓼科被救回來反而暴露了這件事。松枝侯爵家深感兒子惹了大禍，積極介入協助處理，將聰子帶到大阪去墮胎，再送她到奈良月修寺休養。然而在月修寺，聰子決定要出家，在任何人都來不及勸阻的情況下，倉促落髮。

小說最後的情節，是清顯拜寺。呼應了書名中的《春雪》，那是早春下著雪的日子，清顯一而再、再而三到月修寺請求見聰子，卻都遭到拒絕。清顯生病了，回到家中後很快就去世了，死時還不到二十歲。

主軸故事中的兩人，清顯和聰子，在小說開始時已經有了源自小時共同生活的愛意，到小說結束時，悲劇中分離了卻依然彼此相愛。相愛的人卻不能結合，但認真追究一下，是什麼樣的因素、力量阻礙、破壞了他們？是侯爵家或伯爵家的家世背景、家人態度？是宮中的王子或其他政治變數？是兩個人受到的其他感情誘惑？

回到小說內容來檢驗，我們必須說：都不是。這個浪漫愛情悲劇最大的特色，也是最奇怪的地方，在於幾乎完全建立在相愛兩人自尋苦惱、自我破壞的基礎上。外在的介入、阻礙在過程中從來不是決定性的，因而格外凸顯了兩人行為上近乎自取滅亡的荒唐性質。

貫穿四部曲的唯識觀

《春雪》小說開頭，三島由紀夫就放了一段重要的伏筆。本多去到松枝侯爵家拜訪，聰子也來了，那是本多第一次見到聰子。會有那樣一場聚會，主體活動是邀請月修寺住持女尼來宣講佛法道理。

然而在那美得如畫的庭院裡，卻意外出現了一個醜陋的景象。庭院裡有特別設計的瀑布，賓客遊賞時，瀑布的水流卻停了，被一隻狗的屍體卡住了出水的地方。住持女尼於是以這個意外景象開啟她宣講的內容。

她說了一個唐代中國的故事。有一個人為了修行而去拜訪名寺，在山中走著，天黑了露宿在墳塚間，半夜口渴醒來，舀了身邊水坑裡的水喝，覺得入口冰涼、清澈、甘甜。但等到第二天早上，晨曦照亮了昨晚喝水的地方，想不到那竟然不是一般的水坑，他喝的是淤積在一具骷髏中的水。他頓生噁心之感，將肚子裡的水吐了出來。

嘔吐之後，他領悟了佛法中所說的「心生則種種法生」，水是甘甜或噁心，不是來自水的性質，來自喝水的人的「心」。這是《唯識三十論頌》重要的開端道理，萬法唯識，所有一切現象都沒有自性，沒有本體性質，都是來自我們的主觀意識與感受。

小說中接著記錄本多聽宣講的浮想：

> 我感興趣的是悟道之後的元曉能不能再次喝同樣的水而由衷感到清澈和甜美呢？純潔也是這樣嗎？你不覺得一個女子不管多麼墮落，純潔的青年都可以從她身上體會到一種純潔的愛情；但是一旦青年知道她是個極端無恥的女人，知道自己那純潔的心象只不過是隨意描繪出來的世界，自己還能夠從她身上體會純潔的戀情嗎？假如還能夠的話，

你不覺得這非同凡響嗎？假如能夠把自己的心靈的本質同客觀世界的本質牢固地結合在一起，到了這個程度，你不覺得這是非同凡響嗎？

這是本多天真、純情的推論，也是這部小說對於清顯愛情態度如何自尋苦惱的預示。清顯不斷被自己的意識、觀念干擾，他愛情的對象，不是那如實存在的聰子，而是他隨時在不同狀態下心中所認定的聰子。他無從分辨什麼是真實的聰子，什麼是自己想像建構起的聰子或可愛、或可恨的行為與感情。

所以這不是一般的浪漫苦情、相愛而不得圓滿的故事。小說要講的不只是清顯和聰子間的曲折互動，更重要的是呈現清顯的意識與觀念。他必須一直和自己內在的意識、觀念搏鬥，他從來沒有、也絕對不可能穿越層層的主觀想像直接去愛聰子，只能透過心象、概念去決定和聰子間的關係。

因而雖然第三部《曉寺》有長篇唯識學的鋪陳，我們卻不能等到第三部才認知唯識學在《豐饒之海》中的重要性。從《春雪》就開始，唯識學貫穿了四部小說。

「末那識」與自我意識

法相宗的「唯識論」中提醒人，我們總是活在各種不同的主觀感受幻象中，不可能離開「識」而碰觸事物本體。清顯就是一個示範，他無能穿越所有的主觀、意識、概念、想像和先入為主的評判去碰觸愛的對象——聰子。

「唯識學」的基礎是「識」，比較低層次的「識」也就是感官感受，眼、耳、鼻、舌、身、意是前六識，五官感受再加上思考。我們以此和外界連繫，同時外界不斷在這六個方面對於我們產生刺激，如此形成了經驗，也是人真正活著的主要內容。

有意思的是「唯識學」在六識之外，多加了第七識「末那識」和第八識「阿賴耶識」。末那識負責統整前面六識的內容。原本視覺是視覺，聽覺是聽覺，刺激有不同來源，從不同感官反映，各自獨立，必須將個別資料整合在一起，產生了類似現代心理學中的「自我」。所以末那識是人產生主體之處，不過在佛教傳統中，重點放在強調這主體的虛幻性，是我們之所以產生自性幻象的來源。

從「唯識學」最容易看出來，佛教的本質不是我們認為的宗教，而是知識。佛教的解脫來自於讓人洞察、洞視幻假，將不該誤會相信的內容排除之後，得到了真實的理解，因而離開種種執念帶來的痛苦，進入永恆的寧靜安定中。「唯識學」是高度思辨性的。

唯識是主觀唯心的哲學，提示了「萬法唯心」的性質。我們以為的外在、真實世界其實都只存在於感官資料中，你看到的只存在於你的視覺、你聽到的只存在於你的聽覺……都是主觀中的視象或聲音而已，和你以為的外在對象沒有直接關係，我們永遠跳不過感官的中介去確切掌握對象。

所有這些被外界刺激而產生的意識，沒有本性、常性，必然不斷生滅變化。而在不斷流轉變幻中，有將六識內容統合在一起的末那識，在這裡產生了最大的欺瞞，讓人以為有一個具備固定連續性的自我，作為不變的中心在接收、對應外在訊息。但其實，自我也是隨時變動的，甚至是離開了隨時變動的六識並不存在一個固定本體的自我，幻假的自我其實就是以永遠不會固定的六識所組構形成的。

然而在末那識之外，「唯識學」又多增加了第八識阿賴耶識。法相宗、唯識學在印度很發達，但儘管以玄奘的歷史性權威地位，都無法讓法相宗在中國流行起來。很重要的一個理由，就在於這關鍵第八識是純論理的建構，很難在常識中去體會，和著重經驗而輕忽邏輯思辯的中國社會習慣，有著最大的距離的。

阿賴耶識源自「唯識學」和既有佛教信仰的一層根本矛盾。如果一切都是人的意識，都在人的感官間緣起緣滅不可能固定，如果連自我都是幻假的感受，那麼輪迴要如何安放？連自我都被否定了，那麼從一世到另一世不斷流轉輪迴的是什麼？

「阿賴耶識」與種子

小說《春雪》中有一段呈現了世俗對於輪迴的印象。本多和清顯問兩位泰國王子，佛教《本生經》中如何講輪迴？從泰國流傳的上座部佛教，有一個金天鵝的故事。聽完故事之後，本多提出了許多疑問。

最根本的疑問：如果這世是人，下一世變成狗，或變成天人，從這世到下一世必須有一個能夠變形的——從人變成狗或變成天人——主體，才能夠有輪迴。因為惡業而輪迴變成狗，因為善業而輪迴變成天人，惡業與善業也必須有一個承載之處。

也就是說，對於輪迴的理解、想像，必然假定有一個固定、承續的主體，從這一世貫穿到下一世去。很有代表性的是中國輪迴故事中的孟婆湯故事。正因為這個主體是相同的，所以必須在轉世之際喝下孟婆湯徹底遺忘前面一世，才不會讓前世後世的經驗、記憶產生干擾、混淆。這也像是在羊皮紙上寫字，要將前面的字刮掉才能再寫上後面的字，因為有同一張紙。

但主張有這樣的一個靈魂主體，從前世貫串到今生，卻違背了佛陀的根本教誨——要洞視一切現象都沒有常性，如果依照唯識學的說法，那連自我都是在末那識中的假象，要到哪裡去找那個作為主體、連貫的靈魂呢？一切都在流轉中沒有本性，要如何形成輪迴的主體？

佛教其實是承襲了印度文化的信念講輪迴，輪迴卻和後來發展出的解脫智慧有衝突。一個人要承擔自己的業，業在未來的輪迴中作用，不會隨著人的死亡而結束失效，那就必須有一個不變的主體來接受善業或惡業的結果，如此這份業的承載者，就不是空的了？

既然是「萬法唯心」，一切都從我們的感官中生成，那麼當我們的感官不再作用，所有的「識」，從視、聽、嗅、味、觸到思，再到構成自我假象的末那識，不也就轉而成空了？一切都消散無有，那怎麼會再輪迴，輪迴要落在哪裡？

因而需要在唯識學中設定第八識阿賴耶識的存在。阿賴耶識是「種子」，是potential。人死了之後，會傳遞的、會輪迴的不是實體的靈魂，而是在各識背後的potential，使得各識成為可能的潛在因素。那是沒有本體，單純只接受因緣、因果的抽象潛在，所以中文一般譯作「種子」。阿賴耶識受到外界各種現象、力量刺激而產生了六識，接下來由六識的混同而有了幻假的第七識末那識，或自我意識。

這些都薰染在原本純粹潛在的阿賴耶識上，沒有自性的七識在因果聚合條件不再之後散去了，所薰習者卻留著不會完全消失，輪迴就是在這個阿賴耶識上進行的。

「薰」是中立的詞語，「染」則是帶有負面意涵的。人的肉體與精神都無常性，不過是一些因緣偶然湊合，但在最根柢的阿賴耶識會受到經驗與情感或「薰」或「染」，而帶著薰染後的潛在，讓沒有完全消失的因緣進入下一世中。

阿賴耶識也在完全偶然的情況下匯聚其他因素，產生下一世的個體，如果受到前面的汙染過多，承載這個阿賴耶識的個體可能就取得了畜生的型態；如果所受之薰大致為善性的，那麼新的個體會相應呈現還是人的型態。

唯識學的輪迴觀，貫穿了《豐饒之海》四部小說。

東方佛法與西方自然法

《春雪》除了主線上清顯和聰子的愛情之外，加入了本多繁邦。本多繁邦是一位奇特的見證者，他要在四部小說中似真似幻的見證清顯的轉世輪迴。然而在這個見證的作用之外，他還有一項任務——在小說中代表理性。

輪迴與唯識學如此奧秘，但和這份神秘奧義平行的，還有另一種試圖進行理性思考和解釋的持續努力。本多繁邦是法官的兒子，小說一開始他在少年時已經打定主意要攻讀法律。那是日本在明治維新之後，學習西方建立的現代法律系統，背後有著來自西方理性傳統的價值信念。於是松枝清顯和本多繁邦這對朋友，代表了東方佛法與西方自然法之間的對立，兩個人的個性與感性相應於兩種很不一樣的「法」。

佛法的前提是因緣、虛幻、主觀，自然法的前提卻是反對人為主觀性與任意性，建立在對於自然律則的客觀理解與模仿上。兩者是完全相反的。佛教認為一切都離不開人的主觀，所以事實上因緣泊湊的任意性被人的主觀當作是有固定道理的，在這樣的錯覺執迷中產生了種種痛苦，必須洞見還原因緣偶然的本質，才能得到解脫。自然法卻是堅持要找到作為制定與執行法律的確切不移依據。正因為法律是人訂定的，人有各種欲望，有在不同情境中的各種考量，法律必須擺脫這些高度變動的因素，建立在不變的原則上。這是法律尊嚴的保障，因為人不夠穩定，所以到自然中去尋找規律，換句話說，在自然法的思考中，變動是要被否定、排除的，和佛法從肯定變動、甚至絕對化變動剛好相反。

本多繁邦一直在思考從柏拉圖、亞里斯多德以降就籠罩西方法律的哲學傳統，並且清楚意識到相較於佛教，那是一種比較樂觀、明朗的人生態度，相信秩序有終極的保障，朝向追求普遍真理，而不是在變幻中流轉。

更進一步，小說中有「確立法」的態度，藉著本多繁邦和輪迴對比。偏偏是這樣一個最難相信輪迴的人，一次又一次陷入看似輪迴的現象中，在飯沼勳、月光公主身上看到彷佛是清顯轉世的跡象。他的思想背景使得他應該否認輪迴的存在，但他對於年少密友清顯的強烈感情卻拉著他願意接受清顯的轉世，於是這中間又有了理性與感性的緊張衝突。

在每一部小說中，本多繁邦都和輪迴的主角展開重要的對話，藉著本多繁邦讓這些對話的內容連繫起來。

時代洪流下的個體與集體

在《春雪》的第十三章有本多繁邦和松枝清顯關於「時代統一性」的討論，觸及了時代的集體性，以及個人與集體關係的問題。到了《奔馬》中，本多繁邦清楚地回想起這段對話，進一步探問：「將來會如何記得我們這個時代？」如果說每個時代會有被後世歷史辨識、記憶的特殊「時代精神」，那麼「時代精神」和活在那個時代的特定個人有關係嗎？

由此引發了本多繁邦的一份感慨。我們活在這個時代，老想要出人頭地，要讓自己超越一般人，但你有沒有想到：如果你真的成功的超越了一般人，和一般人不一樣，你也就離開了一般人所構成的「時代性」，注定在未來會被遺忘。因為歷史會記得的，是由一般人塑造、反映一般人狀態的「時代精神」。

一個時代最終會有一份「同一性」，時代最強烈的集體性質，極為殘酷的輾過個性。活著而拚命追求想要與眾不同，你的努力愈成功，等到後世要來記錄這個時代，就愈是不算數。形成「時代精神」的是平均數，過猶不及都被拿掉了。

你以為自己出類拔萃，然而在「時代同一性」原則下，你還是只能被和那些平庸的、你看不起的人放在一起，和他們形成集體，別無選擇地讓他們來代表你。

以這樣的時代標準衡量，還值得追求個人、個體的獨特性格嗎？松枝清顯那麼受不了那些劍道部的人，那種風格和清顯的纖細敏感格格不入，但最終人家還是要將清顯和劍道部的那些人放在同一個時代中看待，並且認為劍道部那些人的粗獷和裝模作樣，最足以彰顯這個時代吧！

這裡又連繫上阿賴耶識的薰染。在本多繁邦所見證的第一世中，松枝清顯最瞧不起劍道部的那些人。然而到了第二世，他似乎化身成為飯沼勳，一個以最大的熱情投注在劍道及劍道所代表意義——效忠國家、效忠天皇、反對資本主義、反對所有西洋事物——的一位本質主義者。也就是在清顯的阿賴耶識中被薰染了主要的時代精神，集體時代精神甚至壓過了個人的強烈好惡，輪迴以這種方式證明了「時代同一性」的強大力量，以及清顯驕傲追求獨特自我的徒然。

這番對話與探討中，反映了三島由紀夫的態度。他並沒有能夠說服自己的答案，而是以真實的困擾在小說中表達問題：作為一個人，到底是應該追求個性還是順從集體同一性？不只是小說角色，背後的作者三島由紀夫都陷入對於這個問題的深刻困惑中。

松枝清顯的愛情困境

我們可以從他和《春雪》同時間創作的長篇散文《太陽與鐵》中具體感受到三島紀夫的困惑。

《太陽與鐵》中有這麼一段敘述：

在我們幼年的時候，曾看見這樣的情景，幾個喝得酩酊大醉的男子跑去扛神轎，他們的神情極其放肆，仰著臉面，最後把脖頸枕在轎棍上，激情地狂搖著神轎，我思忖他們眼裡所看到的究竟是什麼東西呢？我始終被這謎團似的情景所困惑，我無法想像在那樣激烈的肉體磨難當中所看到的陶醉幻影，究竟是什麼樣的東西。

因此這個謎團長期盤踞在我的內心，自從我學習肉體的語言，並親自去扛了神轎，這才有機會揭開幼時的困惑之一。後來我終於明白，原來他們只是在仰望天空而已啊，他們的眼裡沒有任何的幻影，只有初秋那絕對蔚藍的天空。

不過這天空可能是我有生之年再也看不到的異樣的晴空，是那種彷彿被它拋上高空卻又墜入深淵似的，有著無限沉迷和瘋狂融合為一的天空。何以如此呢？因為那時我是站在絕對的同一性之上，亦即透過自己的詩的直觀而眺望的蔚藍天空，與尋常的青年眼裡所見的蔚藍天空是同樣的。這個瞬間正是我引頸期盼的，而這全要歸功於太陽與鐵。

說到為什麼沒必要懷疑同一性，因為在同等的肉體性的條件下，他們分擔某種程度的肉體的負荷，而且遭到酩酊大醉的侵犯。在這種狀況底下，他們的個人差異受到許多條件的制約，能力陡然下降，而且如食迷幻藥般幻想的內在因素幾乎被排除的話，那麼我所看到的就絕非是個人幻覺，而是明確的集團視覺的一部分。

不是一眼看過去就能了解的一段話，但其中包含了三島由紀夫對於松枝清顯將自己置入愛情困境的探究。清顯是一個太有個性的人，他和世界之間的關係，一直都是經由觀念中介的，不是直覺性的、更不是肉體性的，在這點上他和一般人很不一樣。

他和聰子間的問題，源自於他無法真正愛那個現實存在的聰子，如同住持老尼說的故事中的書生，他半夜喝水感覺甘美、清澈，那是肉體性的，在天亮後知道水的來歷前的一種直感，沒有被其他知識或想像干擾的直接感動。

他第二天早上的嘔吐，象徵了清顯的困擾，也是唯識學要開示啟發的愚念——被困在自我主觀中，誤將主觀當作事實。清顯一直想、一直計較：「這個人值得我愛嗎？我應該選擇用什麼方式愛或不愛？我必須弄明白她到底情純還是狡猾才能相應選擇我的愛……」這重重的觀念、思考橫亙在清顯對於聰子的感情間。

語言文字與肉體實踐

《春雪》整部小說中最短的一章，第二十五章，短到僅僅不到兩頁，描述了宮中對於聰子嫁給洞院君的許可頒發下來後，原本對聰子採取了冷血絕然不理不睬態度的清顯，突然有了大逆轉，感覺到自己熱戀著聰子，然後他體會：所謂優雅就是觸犯禁忌，甚至觸犯至高的禁忌。這個觀念第一次教會他肉慾。

但這是觀念的肉慾。引發他如此強烈衝動的，是聰子新取得的身分。他要去冒犯一個已經要嫁給皇室洞院君的女人。過去他對聰子如此冷淡，那也是來自於他認為聰子的欺瞞，一種觀念上的冷淡。現在冒犯要嫁給洞院君的女人，嚴重觸犯禁忌這件事點燃了他的慾火。前後都沒有直接的肉體性，都是間接經過觀念中介的。

這就是三島由紀夫在《太陽與鐵》中所說，認識肉體的次第和別人不一樣造成的結果。先認識了語言，被語言敗壞了之後才認識肉體。照道理說肉體是原初的、個別的、直接的，語言則來自外在社會，是集體性、衍生性的，也就是間接的，怎麼會反而先認識語言呢？

這樣的奇特自白，有效地連結了《奔馬》和三島由紀夫切腹自殺的行為。他也是先用語言（文字）在《奔馬》中寫了並解釋了切腹的行為與意義，但不會、不能停留在此，因為他的生命歷程向來是先語言後肉體，顛倒了語言和肉體的順序，在語言之後，跟著是肉體的實踐，如此完成他和其他作家相反的自我認知。

在人生中先認識了語言，而對三島由紀夫來說，語言最大的作用是侵蝕、腐蝕。這是什麼意思？意思是語言主要的作用是選擇，在如實的世界中丟掉無法說的，丟掉認為不夠重要不值得說的，還要丟掉不能被歸整成線性順序的，只剩下一點點用語言講出來。通過語言，世界一方面變成了你自己的世界，另一方面當然也變小了，僅剩主觀選擇之後很小很小的一部分，其他的都被侵蝕、腐蝕消融了。

身為作家，三島由紀夫的困擾是總習慣用語言的方式來面對世界。他建立起來對世界的認知與理解，其實因而都是松枝清顯式的，都是經過了觀念中介、語言選擇侵蝕之後，少了直接的肉體性，也少了和其他人共同的經驗部分——那種所有人在肉體慾望上得到的同一性，感受到的同一性。

如此連繫到儀式中抬神轎的體會。原本他所看到一群人在迷醉中狂搖神轎，經由觀念以為那是一種自我經驗，但在自己真的以肉體去參與了活動，才明白那是一種沒有自我、沒有個別性，當他們抬頭時，最重要的是感覺到看到了一個共同的天空，排除了理性與觀念之後，純粹是感官的、因而和別人都一樣的天空。

這帶給三島由紀夫強烈的啟發刺激，尤其著重在「統一性」上。松枝清顯的悲劇就來自他沒有這種肉體的直接性與「統一性」。

新舊時代交替的《春雪》

《春雪》除了寫愛情故事，還要寫一個特定的時代及其命運。小說中提到日俄戰爭時松枝清顯和本多繁邦他們十一歲，到他們十八歲，明治時期結束進入大正時期。

明治天皇去世後，乃木希典與其妻子隨而自殺殉死。這事件在日本社會引發了巨大騷動，不只顯示了一個時代的結束，而且區分出新時代的人和舊時代的人。同情乃木希典、能夠理解他情懷的，屬於舊時代；但此時已經另外有一群態度很不一樣的人出現，代表新時代的走向。

《春雪》小說中出現一張紀念日俄戰爭死亡者儀式間拍攝的照片。然而松枝清顯對那張照片的印象卻不是紀念死者，而是照片裡的人都是死者。從他們這一代人眼中看去，戰爭多麼遙遠，而且一去不返了，他們對戰爭的經驗與體會極其陌生。

三島由紀夫要寫他自己來不及經歷的大正時期，將這段時期寫成了兩個戰爭時代間的一小段喘息，或一小段逃避，最大的特色正在於與戰爭無關，或故意疏遠戰爭，產生了清顯看那張照片時一種「恍若隔世」的感覺。

明治時代從戰爭開始，倒幕戰爭、西南戰爭，再以兩場戰爭——對清戰爭、對俄羅斯戰爭——為轉折變化主導力量。而後面的昭和時期也具備清楚的戰爭性格。《奔馬》的場景設定在昭和六年，一九三一年，最重要的就是戰爭回來了，發展出激動地朝向戰爭、準備戰爭的軍國主義價值觀。

如此凸顯了中間時期的特殊性。沒有戰爭，產生了一種疏離戰爭的氣氛，才會在其中出現了像松枝清顯這樣的人。戰爭從訓練準備到實際遂行，無一不是在肉體的層次進行的，力量與痛苦都在肉體中。和戰爭疏遠的一項反面現象，就是肉體退卻，觀念升起，人轉而活在由語言、文字中介的觀念裡。

尤其是養尊處優，在相當程度上和歷史現實脫節的華族，最容易遺忘戰爭。所以三島由紀夫選擇了綾倉伯爵和松枝侯爵兩個華族家庭裡的少男少女，當作《春雪》愛情故事的主角。

小說中松枝清顯和本多繁邦是「學習院」的同學，那是特別提供給華族子弟唸書的學校。三島由紀夫寫了許多這所學校的環境與生活細節，因為他自己也是唸「學習院」的。所以他擁有足夠的經驗與知識，能夠進一步寫出兩種不一樣的華族。

真假華族

華族依照來歷，分成「公卿」與「武士」，綾倉家是「公卿」，松枝家則是「武士」。「公卿」原本就屬於中央，和皇室有密切關係，明治維新之後才隨著天皇從京都搬到東京來的。他們的生活背景帶有濃厚的傳統京都風味。「武士」來自地方，是倒幕到「版籍奉還」，沒有了封建制度，為了補償他們失去的封建地位與利益，才給予他們華族身分。

這兩種家世在明治時期有著交錯動向。公卿家地位與待遇持續下降，然而他們仍然保持了傳統貴族文化的特權與尊嚴；相對地，武士家靠著原有的進取態度與世俗適應能力，往往得以在新社會得到更多的機會與利益。

松枝家有錢，但地位上，尤其是文化地位上卻不如已經變窮了的綾倉家。清顯和聰子的愛情是在這樣的家世糾結，以及更龐大的歷史變化中展開的。

松枝清顯在綾倉家，而不是自己家中長大。那就是武士家為了讓子弟感染更高貴的公卿氣質而做的安排。那綾倉家為什麼要接受松枝家的小孩？因為他們變窮了，和富有的武士侯爵家建立緊密關係，可以幫忙減緩自家經濟狀況的惡化。

但因為這樣，清顯心中有了一道長遠的陰影。他是一個不純粹的公卿華族，無法擺脫身世上的武士家根源。他的公卿高貴外表，是刻意學習或受感染之後裝出來的。他永遠無法去除掉對聰子的嫉妒，因為她是真的，authentic，在她身旁，清顯就是假的，inauthentic。

在《豐饒之海》的四部曲中，每一部都涉及authenticity，真實性、純粹性的問題。最根本的當然是輪迴轉世究竟是真實的，還是想像錯覺；飯沼勳或月光公主真的是松枝清顯轉世的嗎？在似幻似真間，要如何驗證確定，還是，原來就不應該想要去驗證確定？

可是更早在松枝清顯身上，已經有authenticity的懷疑了。他一直意識到自己是去依附在公卿家，為了變得像個公卿家的子弟，但「像」，不管多「像」，就「不是」。他的嫉妒，尤其是針對聰子的嫉妒，主要因為聰子是真的，自己是假的，是裝的。

當他要報復聰子時，他選擇寫了一封假的告白——又是假的——，內容故意要揭露他認定的聰子的虛假之處。那封信的潛文本，帶著強烈情緒的，是對聰子說：「你們公卿家很了不起啦，如此高尚，當然也只能匹配和妳同等高尚的人。我出身武士家，我父親沒有你們認為一定要有的那種裝模作樣，他覺得男人就是該去召妓了解和女人的肉體關係，就是該用這種態度對待女人。我現在已經完成了從假的公卿家氣質朝真實的武士家風格墮落的過程，如果妳要瞧不起我也隨便妳，因為從武士家的傳統，倒過來，我也能以男人的姿態瞧不起妳這個女人。」

信寄出去他後悔了。除了對聰子的感情因素之外，我們不能忽略的是他無法真的放棄公卿華族風度與價值的痛苦。但他沒有想到聰子直接去松枝侯爵那裡查證，揭穿了他信中所言是假的，給他帶來了另外一重喪失真實性，更強烈的痛苦。

連繫四部曲的要角

華族生活的一項特徵，是家庭裡眾多的僕從。聰子身邊的蓼科甚至成了她和清顯愛情故事中的關鍵人物。而造成聰子悲劇的一大因素，也在於她無法獨自行動，只能生活在這個她離不開的系統裡。

從《豐饒之海》四部整合的角度，我們更不能忽略《春雪》中寫了「飯沼」。這部小說中的這位清顯的學僕就叫飯沼，有姓無名，他是窮人家子弟，二十三歲在華族家中服務。他主要的工作是伺候公子讀書。

小說中有一段描述飯沼去打掃神社，要經過侍女住的地方。他對於侍女有非常直接的肉體慾望，以至於必須藉由神社的神聖氣氛來壓抑、制約自己的慾望。在這方面，他顯然和他的主人清顯完全相反。

飯沼對清顯曾經懷有一份憤懣，覺得清顯不是一個像樣的主人，但後來被清顯收服了。他和清顯之間，有階級關係，更有權力關係。因為清顯沒有將他當僕人看，反而使得飯沼瞧不起這個主人。清顯纖細、柔弱的舉止，沒有給飯沼權力的壓制。後來飯沼重新了解了清顯也有他認定的男子漢一面，讓他得以安心接受自己的奴僕地位。

這是第一代的飯沼，也是《奔馬》主角飯沼勳的父親。《春雪》中另外出現了兩個異質的角色——暹羅王子。他們直接的作用是連繫第三部《曉寺》，中年的本多繁邦到泰國去找他們，因而遇到了月光公主。暹羅王子另一項作用，是以他們所信奉的上座部佛教教理，來自很不一樣傳統的信仰，和法相宗的唯識學產生複雜、細膩的思想對話。

《春雪》中王子巴塔納迪多殿下對一座泰國寺廟的描述：

我格外喜歡這一座寺廟，這次來日本的航海途中，不知道多少回夢見這座寺廟。我夢見那金色的屋頂在夜間的海面正中央浮上來，然後整座寺廟慢慢的浮現出來。這時候船在前進，所以看到寺廟全貌時，船總是在遠方，沐浴著海水浮現上來的寺院閃爍著星光，看起來宛如夜間在遙遠海邊，天空升起了一輪新月，我站在甲板上向它合掌膜拜。這個夢是不可思議的，在那麼遙遠而且又是夜間，連金色和朱色的細膩浮雕也一個個清晰呈現在我的眼前。

從這個心影景象，接著有這樣的議論：

所有神聖的東西與夢和回憶，都是由同樣的因素形成的，由於時間跟空間的關係，跟我們相容的東西也會奇蹟般地呈現在我們的眼前。他們共同的特點就是，無論哪一種，用手都是觸摸不到的。用手觸摸不到，觸摸到的東西一旦遠離它，它就有可能變成神聖的東西。我們觸摸不到，我們把握不了的東西，就有可能變為神聖、變成奇蹟、變成無可言語的美。

任何我們無法明確碰觸、掌握的事物，都具備有神聖性。這也反過來表示了：原本被我們視為神聖的事物，一旦被手指碰觸了，或在意識觀念中成為熟悉的，就被沾汙而不再神聖了。這預示了第三部《曉寺》中要展開的一個主題——染或汙染，也就是唯識學中的「薰」與「染」的作用。

《曉寺》中王子巴塔納迪多殿下有另外一段意義深遠的話，彰顯了另一種哲學思考。那是對於月光公主之死的感慨：

> 我先前一直想要解開的謎，並不是月光公主逝世的謎，而是從月光公主生病到她逝世的這段期間，不，應該說，月光公主離開了這個世界之後的二十天，我不斷地感到不安，但是真實情況我卻一無所知，我仍然泰然地活在這個世界裡面，應該說，這個虛假的世界。這不是虛偽的世界。

從事實上看，那段時間中月光公主已經死了，這個世界沒有了月光公主，但他卻還活在一個認為有月光公主的世界裡。照理說，那樣一個自我感知還有月光公主在的世界，是虛假的，但他的困惑是：為什麼月光公主死了，他卻沒有得知，依舊用原來的方式活在已經起了變化，從有月光公主變成沒有月光公主的世界裡？

王子深通佛法，從佛教的因緣觀看去，所有的事物都是因緣所成，而因果一環環扣搭在一起。一方面，去除了因緣事物都是空的，沒有自性；另一方面，一切都在因緣中，都能以因緣解釋，沒有任何事物是真正偶然的。有果必有前因，有因也必然造成後果，這是佛教的嚴整世界觀。

所以他無法理解：世界上少掉了一個我最愛的人，這是一個大因，必然連環產生許多果，一圈一圈、一層一層的因果改變了這個世界，可是為什麼我無法感知？為什麼這個世界對我來說還是有月光公主的世界？所以在這二十天中，我所處的世界，我覺得還有月光公主在的世界，是怎麼回事？該如何看待？

《豐饒之海》的衝突與猶豫

《春雪》是一個有核心的愛情故事，然而光是要恰切地理解這個愛情故事，就必須動用唯識學的根本觀念——人與世界之間，永遠都隔著各種主觀的作用。但我們也不能單純將唯識學就當作是三島由紀夫的信念，不，這只是他給小說打的一片基底，像是不用白色的畫布，而先打底色或畫下一組 pattern（樣板），然後才在上面作畫。於是畫上去的任何形影，都會受到底色底圖的干擾，和底色底圖發生關係，而有了豐富、曖昧的重疊或呼應。

唯識學的底色上，有本多繁邦的自然法理性思考，還有另一份強烈主張，要到第二部之後才明確表現出來，在《春雪》中只是暗示、隱性的伏流。那就是主張人可以藉由肉體直接和世界發生關係，產生不同的生命型態。

在這上面還畫了一則大正時代的寓言。夾在毀滅性的戰爭與死亡之間，這個時代的人轉而和自己的內在情感搏鬥，兩段陽剛歷史間的一段纖弱插曲。因為纖弱，有著類似谷崎潤一郎所說的「陰翳性」，這樣的文化更接近日本傳統，由「和文」所代表，與「漢字」形成對比的那種陰柔的靈魂境界。

當然所有這一切，背後必然有三島由紀夫自身的生命歷程與掙扎。從《太陽與鐵》的告白中我們可以理解：清顯像是三島由紀夫自己生命的前段，當時他被語言包圍，只能、只懂得透過語言構成的觀念來認識世界，相信語言、相信觀念因而輕忽了肉體，也輕忽從肉體而來的感情。到第二部《奔馬》，那是他思考擺脫語言，以最戲劇性的肉體方式和世界發生關係，也就是肉體性地去經驗生命消亡的階段。

依照《太陽與鐵》的說法，原先對應口頭和腦中的語言，他的身體是沉默的、無言的。但有一天，他突然意識到身體有身體的語言，而身體的語言和口頭、腦中的語言完全不一樣。於是他開始鍛鍊身體，去尋找、掌握身體的語言，將身體打造成一種表達的形式，而終極的表達，無可超越的極限，是切腹。

在這過程中，三島由紀夫寫了〈憂國〉，後來還自編自導自演拍成電影。在《憂國》短篇小說集的文庫本，三島由紀夫在後記中特別強調〈憂國〉描述了人用身體來表達的內容，但對一個作者來說，這樣的肉體內容畢竟還是只能留在文字與小說裡，不能體驗。

那時候他還沒動念要去體驗。他和自己的身體意識有著複雜的動態拉扯過程，而每一次不同的拉扯又都和他的小說寫作有著纏捲糾結。三島由紀夫原先是一個柔弱的男孩，被強悍的祖母壓抑，又被母親嬌寵，到後來他意識到、並困擾於自己的柔弱性質。一方面他因此而特別受到陽剛男性的吸引，但另一方面他又和柔弱的男性有著認同親近。到他練身體將自己「陽剛化」，等於是背棄了原本的柔弱特質，進一步使他依違於陽剛與陰柔間，到底哪一個才是真實自我的多重衝突，他無法在性別上有簡單、明白的選擇。

這些衝突與猶豫都反射在《豐饒之海》中。

挑釁太宰治

戰後的混亂環境中，年輕的三島由紀夫尋求在日本文壇崛起的機會。在去見到川端康成之前，他也去找了太宰治。在一間魚店的二樓，太宰治當時住的六坪大空間裡，三島由紀夫和一群人擠著見到了太宰治。那是太宰治文學聲望最高的時期，他的《斜陽》正在連載，而這部小說上半部寫的是一個華族家庭。小說內容讓有真切華族經驗的三島由紀夫讀得很彆扭，他覺得小說裡那個華族太太連敬語都用錯了。那當然不是華族太太不熟悉敬語，而是作者太宰治這方面的準備不足。

依照三島由紀夫寫的文章，見到了太宰治之後，他突然以非常直接，也未多加說明的方式，對太宰治表示：「我不喜歡你的作品。」太宰治嚇了一跳，然後避開不看三島由紀夫，轉向旁邊的龜井勝一郎嘟囔：「可是畢竟來了啊，所以應該還是喜歡。」

在三島由紀夫眼中，太宰治是個從鄉下來卻到東京假裝華族的作家，將對三島來說是生活常識的事寫得錯誤百出，竟然還想得到別人的肯定和掌聲。為了這件事他前去當面向太宰治挑釁，結果太宰治的反應是退縮，只想保有面子，更讓三島由紀夫覺得對方顯現了那種鄉下人的不堪窘迫。

見過了太宰治之後，三島由紀夫去鎌倉見川端康成，也是和一群人一起。依照三島由紀夫的回憶，他們在川端家的小小客廳中等待主人回來。川端康成穿著雨鞋進來，乍看像個賣魚的小販。但三島由紀夫可就不敢瞧不起這位穿雨鞋的作家，因為他很明白自己需要透過川端康成擺脫原來的身分，脫胎換骨進入主流的「戰後派」文壇。

三島由紀夫有一段奇特的「寫作前史」，發生在戰爭時期。早在一九四四年，他就出版了第一本書，叫《繁花盛開的森林》。在那個因為戰爭而物資嚴重缺乏的日本，紙張供應極度稀少，很少能有新書出版，少年三島由紀夫竟然不只能出書，而且第一版還印了四千本，短短兩個月內就賣完了。

三島由紀夫自己後來的解釋，書之所以暢銷，不是因為寫得多好，而是因為太少有新書，新書太難得了。然而，既然新書如此得來不易，那三島由紀夫憑什麼能出書呢？這裡當然有家族的影響力作用，另外更重要的，是他的作品引起了那個時期幾位文學大腕的注意。

這些人包括了佐藤春夫、林富士馬、伊東靜雄、富士正晴等，然而這樣惹人注目的起步，很快就遇到了敗戰的巨大衝擊，給當時還叫做平岡公威的這位青年極大的困擾。一九四五年之後，日本文壇快速地畫分成「戰前派」和「戰後派」，「戰前派」不只被視為過時必然沒落了，而且還因為和軍國主義的關係，成了美軍占領統治打壓的對象。

後來的三島由紀夫、此時的平岡公威愕然發現：自己雖然才二十歲，就因為之前寫的作品與來往的文人，而在戰爭結束時過氣、落伍了。他來往的文人中，特別突出的，是保田與重郎。他是日本軍國主義時期最有名的「聖戰派」，也就是主張並實踐以文學來支持「聖戰」的人。

戰爭中的三島由紀夫寫的是帶有高度古典感官性，呈現奇特浪漫夢幻性質的作品。這種作品和「聖戰」有關？主要是在當時的氣氛下，這樣的作品被認為表現了「和魂」，彰顯日本文化的特殊性，同時給予戰爭的目的具體內容——抵抗外來、西方文化對日本的侵蝕，不惜、也應該訴諸戰爭來保衛自身的獨特性。

戰敗立即徹底取消了這種文學的存在合法性。三島由紀夫之所以討厭太宰治，其實有更根本的理由，因為太宰治是「無賴派」的代表，而那種「無賴」的虛無生命態度在戰後蔚為流行，和「戰前派」的昂揚精神形成強烈對比。

川端康成的幫助

三島由紀夫曾經一度想要放棄文學夢想，讓自己專心在東京大學念法學，依循穩定的道路在畢業後進入大藏省工作，當公務員展開官僚生涯。然而身體裡的文學創作衝動沒辦法那麼容易消散，他終究還是忍不住尋求重新進入文學領域的機會。

他找到了川端康成。川端康成可以同情這位青年所具備的傳統修養，以及他從日本古典中脫化出來的寫法。川端康成更切身地明白這樣的寫法在戰後環境中可能遭到什麼樣的青白眼與阻礙對待。所以他將三島由紀夫的小說安排在自己辦的雜誌中發表，拉這位青年一把，讓他得以重建文學創作的信心與野心，很快地找到戰後環境中能夠站立起的新風格、新寫法。

有過「戰前派」的經歷，即使得到川端康成的協助，作品還是在《人間》雜誌編輯手中，被從三月壓到八月才刊登，這樣的經驗使得三島由紀夫絕對不可能認同像太宰治那樣的「戰後派」。所以一直到一九六二年，三島由紀夫都還是忍不住要在回憶文章中記錄自己與太宰治的衝突。「戰前派」的記憶，尤其是年少時看待戰爭的態度，沒有那麼容易從三島由紀夫的生命與創作中離開。甚至，正因為從來沒有上過戰場，反而對於戰爭不會有具體的幻滅，讓來自想像、來自觀念和語言的戰爭，在他身體裡存留了更久的時間。

太平洋戰爭的最後階段，三島由紀夫和戰事擦身而過。他一度被徵召，卻因為發燒被誤診而遣退了。他回到東京，一直待在東京，經歷了戰爭末期恐怖的大空襲，更經歷了「一億玉碎」口號所帶來從悲憤到絕望的種種感受。

寧為玉碎不為瓦全，「一億玉碎」曾經是很有效的對外宣傳，的確震撼並遲滯了美軍登陸日本本土的軍事作戰計畫。美國人無法估算出面對「一億玉碎」的日本社會，登陸後會遭到多麼堅決的抵抗，自身的軍隊要付出多高的傷亡代價，找不出一種有把握可以屈服日本人意志的有效方式。這也是後來美國急著動用剛剛發明、試爆成功的新武器，在廣島、長崎投擲原子彈的主要原因。

不過「一億玉碎」還有對內的影響。十九歲的三島由紀夫清楚感受到戰爭即將結束，「一億玉碎」帶來的想像——戰爭結束也就是整個日本，包括自我生命的徹底毀滅。他感覺到自己隨時可能死去，一部分因此而狂熱地投入文學創作，然而很快地，戰爭真的結束了，卻不是原本所說的「玉碎」結果，自己活了下來，但悲壯心情下，以「遺作」視之的那些作品卻突然都失去了價值。

高喊「一億玉碎」口號時期給予三島由紀夫的影響，不是沮喪，不是幽暗與焦慮，反而是進入了亢奮狀態：反正連明天是不是還活著都沒有把握了，那麼今天處於青春爆發的情況中，就不需要節制思想或慾望，不用顧慮未來進行計算，對自己、對別人都可以狂放發洩。

他清楚意識到自己和那些「神風特攻隊」成員是同時代的人，而且他在東京真正明瞭大空襲的慘狀。當時大空襲造成的破壞傷亡是嚴格被管制的消息，不能讓日本國民普遍知道首都被炸成什麼樣子，影響他們最終僅存的戰爭信念。

到了他四十歲時，他仍然想要去追索、呈現「神風」精神的來源，那是書寫《奔馬》的重要背景。在《奔馬》中整個第九章是插入的一部《神風連史話》，也就是要將「神風」從對抗蒙古人的古老歷史中拉出來，給予不同的歷史淵源，不是和「神」，毋寧是和「天皇」結合在一起。更重要的，要讓「神風」的自殺行動，有著更深刻的死亡儀式與死亡意義。

談「神風特攻隊」

《太陽與鐵》中三島由紀夫回憶在江田島的展覽館看到「神風特攻隊」隊員的遺書：

晚夏的有一天，我造訪了那裡，相較於多數慷慨陳詞、中規中矩的遺書，也有寥寥幾封字跡潦草的鉛筆遺書，二者鮮明的對比，震撼了我的心。

有一封遺書如今依舊歷歷在目，那是用鉛筆在草紙上飛快寫下的遺書，青春的筆跡龍飛鳳舞，甚至可以說有點粗暴，如果我沒有記錯的話，這封遺書的大意就一句話，就說這一句話，然後戛然而止。他說：「我現在精神抖擻，渾身洋溢著青春和活力，很難想像三個小時以後我就會死去，然後可是」……

沒有寫完的遺書，之所以特別感動三島由紀夫，因為「神風特攻隊」年輕赴死的情懷，本來就是寫不完的。他接著說：

當人們要訴說真實的時候，必定會這樣支吾其詞，講不清楚也說不下去，我彷彿可以看見他欲言而出的模樣。它既不是由於羞澀，也不是出於害怕，而是當人們要陳述真實原貌的時候，會這樣欲言又止。這正是真實的某一種不圓滑性質的表現，他已經沒有漫長的空白的時間等待絕對。也無暇使用語言緩慢地完結。當他奔向死亡的時候，那是一種高揮發性氣體揮發的時候的那種感覺，那種奇妙的感覺，又像聞到了那樣一種像酒精或者像氣彷這種高揮發性的氣體的時候，會讓我們產生一種暈眩的感覺，所以如同暈眩一般。趁著他已經認知到完結的精神暫時發楞的空檔，所以才有這個最後的日常語言撲了上來，但是那就是一剎那、一瞬間，他再也不可能用語言去留下他的遺書，寫他的感受。

從這一段話我們可以進一步理解三島由紀夫受到的衝擊。這是肉體的終極體驗，對於死亡的預期，即使還不是死亡本身，超越了語言的明證。經由語言，是到不了那裡的，因而當要發而為語言寫成遺書時，顯現出來的，反而是語言的中斷。語言只能在肉體感受的一瞬空檔出現，很快地，滿滿的肉體感受補上了空檔，語言就再也不得其門而入了。

在展覽中，三島由紀夫還讀到了另一種遺書：那是用了很多成語、套語，例如犧牲報國、摧堅殪敵、視死如歸、盡忠報國等等，看起來極度空洞，嚴重缺乏個人性質的遺書。他從這種遺書中感受到抹煞個人內心情緒，用壯麗的語言，拚命表現出「同一化」的自傲與決心。

對他來說，這就是和他同時代的「神風特攻隊」，這些人都和他差不多同齡，換句話說，他大有可能成為他們之中的一員。他們死前留下的文字，一種是太真實、太個人，以至於說不出話來；另一種是堆疊了許多完全沒有個人性的詞語。後者意味著：

> 這類語言不單是辭藻華麗，還不斷要求人們表現出超越人類的行為，要求人為了要能夠提升到那種語言的高度，必須要有賭上性命的果決。起初是為了要表現決心而說出來的話，漸次就一直不斷地被迫，於是在這種語言散發出凌駕世間的榮光。嚴格地要求摒除個性，強烈禁止舉凡具有個性的行為，從事類似像紀念碑一樣的建設。

這是多麼重要的體會！他發現了語言是集體性、集體精神與集體行動的根源，本來是抽象的，沒有個人性的詞語，到後來翻過來逼著人們活成語言中所形容的模樣，甚至在面對死亡時，都只剩下這些集體性的語言來鼓舞自己、代表自己，那原本的自己已經徹底消失了，消失在共同的、激昂的語言裡。

與太陽和解——《太陽與鐵》

但三島由紀夫對於個別性被取消的現象，並不是抱持批判、否定的立場。在《太陽與鐵》中，他要彰顯去除個別性這件事的內在吸引力。

他說：寫文章時，距離戰爭結束十七年了，但十七年間他無法具體感覺戰爭結束。不只是戰爭遲遲沒有離開他，更重要的，是他擺脫不掉自己錯失戰爭的遺憾。弔詭地，因為錯失戰爭，也就一直無法離開戰爭。

他之所以錯失戰爭，除了表面徵兵體檢時被誤診之外，還有更深刻的內在理由。年輕時，一直到戰爭結束，他的身體孱弱，不可能以那樣的身體去參與戰爭。那時候他用來寫〈繁花盛開的森林〉的風格，也是纖細、柔弱的，反映出他的身體狀況。從身體到情感，都和戰爭的性質相反。

他意識到自己和「神風特攻隊」的同代事實，和這些人的生命情調連結上之後，產生了強烈的失落感。感到自己失落了他們擁有的那種青春，那是牽涉到肉體性質的青春年華，於是刺激他要以自我意志的力量，去撿拾、去追索那遲來的青春。

使得他失落青春的主因，就在於先學習、先習慣了語言。從語言中建構起來的想像，變得比肉體更豐富也更重要。肉體的經驗都先被語言篩檢過，甚至腐蝕過了。在成長過程中，他無法如實地以肉體去接觸、經驗外在世界。用《太陽與鐵》書中的形象比喻，語言將他轉化成為夜的動物，只在夜晚存在，遠離太陽、甚至躲避著太陽。

雖然太陽總是高高照耀著，自己卻習慣躲在陰暗中。太陽象徵著具體、實在的肉體感受。生命之中，他有過兩次和太陽和解的體驗。關鍵在於敗戰的衝擊。第一次是戰爭剛結束時，年輕的三島由紀夫躺著，突然感受到太陽。戰爭結束了太陽卻兀自、持續照耀著，引發他聯想太陽照耀著什麼——必然照耀著戰爭留下來的屍體與血。

第二次的體驗則出現在他搭船出國時，在輪船的甲板上感覺到太陽如此真實的存在。他完成了從一個躲避太陽的人，轉變成能夠與太陽和解，進而自願迎向太陽的人。與此平行的變化，是他從一個「語言人」，立志要讓自己轉成一個「肉體人」。

和太陽和解的那趟航行，是三島由紀夫第一次出國。旅程中他去了希臘，明確形成了自己的一套西方文明論。他認為西洋文明有兩種，一種是基督教式的精神文明，「精神文明就是基督教發明，最可惡、最討人厭的東西」。和「精神」對照的，是「理性和肉體的合一」，這是他主張來自希臘的另一種文明。那是人在肉體的實質體驗上得到了理性的秩序。然而希臘式的文明，後來卻被歧視肉體、抬高精神的基督教文明取代了。基督教強調：信仰比經驗重要，甚至認為信仰的核心部分是無法去感受的，和肉體經驗全然無關，人相信什麼比身體經驗了什麼更重要。

基督教要求人為了保護信仰純正，要隨時準備犧牲肉體、犧牲生命；甚至必須靠犧牲肉體感官經驗，離開具體生命，才能證明一個人信仰純正。

肉體、語言與文學

三島由紀夫的西方文明論，反映了這個時期他自己的生命拉鋸。之前透過語言來接觸世界，就是一種凸顯精神的生活。現在他要將自己從這樣的狀態中拔出來，改成肉體的、太陽的、阿波羅式的生活。

從「神風特攻隊」隊員的遺書中，他又敏銳地察覺到另一層的拉鋸，那是個別、個性與集體、群性的對立。

語言為什麼會敗壞肉體？語言原本為了溝通，本質就是集體性的，要溝通當然必須說和別人一樣的語言。但真正吸引三島由紀夫的，是文學，文學是一種變質了的語言，從集體性中脫化出相反、矛盾的追求。因為文學要創造個人獨特風格，要彰顯在語言運用上和別人不一樣，離開群性走向個性。

沉浸在語言中而忽略了肉體，但又在追求文學的過程，將語言視為是個別性應該高於共通性的，要去創建自己的聲音與風格。文學語言產生的對於經驗的蝕刻作用，像在一塊原本完整的銅版上進行熔蝕，讓一些部分消失，每個人依照自己的語言取消一部分，將銅版蝕刻出特殊的圖案。

於是作為「語言人」、「文學人」，又失去了「神風特攻隊」隊員和集體抬轎成員他們所感受的集體共同性。

為什麼抬轎的人最後會一起看天空？他們不是看到了神或什麼神祕的幻影，不過就是看天空，因為天空是共通的，每一個人將意識投向天空，取消了自我差異，和大家一起看同樣的天空，變得和大家一樣，沒有了個別性。

真正去抬轎得到的體驗，和原本透過語言的想像，完全相反。非但不是在興奮過度的疲憊中產生了迷離幻影，看見別人看不到的，反而是進入和別人都一樣的統一性迷離狀況。在那裡有一份真正的狂喜，不是找到自我、找到個性，而是體驗了共同與集體。

語言還有另外一重矛盾。語言原先是要剝除具體變成抽象，來發揮整理經驗和溝通經驗的作用，然而當語言、文字變成了文學，文學作者卻拿這樣的工具去創造、描寫許多現實中不存在的事物，在想像中衍生出種種具體細節來。因而語言、文字乘載的訊息，變得比現實更廣、更複雜，有時甚至給人更具體更真實的感覺。

三島由紀夫痛切、深刻地從不同角度反省自己作為「語言人」的存在狀態，自覺地要去逆轉這種情況，也就是刻意藉由肉體去體驗泯除個性的「同一性」。

痛苦是肉體唯一的保證

一九五〇年左右，三島由紀夫堅決地開發自己遲來的肉體青春，要將本來應該可以參與戰爭的那個肉體贏回來。在身體的鍛鍊中，他有了新的思考，包括強調地運用了「鐵」的象徵。

《太陽與鐵》中的「鐵」指的是那份壓在肌肉上的重量。只有藉由將沉重的「鐵」舉起來，才能確切感受到自己肉體的力量。沒有「鐵」，沒有外在可以被克服的阻礙，人無從知覺自己有力量，無從了解自己的肉體最重要的特性。「鐵」既是力量的試煉，也是表現力量必要的工具。

「鐵」讓我們直接感受力量，另外有一種介於具體與抽象間，可以視為「鐵」的延伸，卻比「鐵」更驚悚的狀態，激發我們對於力量的知覺。三島由紀夫舉拳擊和劍道為例。當你的拳頭朝向對手打出去，或劍劈過去的瞬間，和將鐵舉起來不一樣，有另一個實質的肉體，幫助你察覺自己的力量。

關鍵在於「敵人的回望」。那是一個真實的人，當你將力量投向他時，他會看著你，於是你從他看你的眼神反射性地領受了自己的力量。還不只如此，拳頭或劍擊中對手的景象，像是一座流動的雕像。你製造出一個凸出的線條，對手則剛好以他的凹線黏合上來，你的肉體和對手的肉體形成了流動造型，創造了一種概念性的美，你的肉體是這份概念美之中的一部分。

在那種狀態中，你應該想像肉體變得多話，以它自己的語言說，那是一種造型的語言。還有另一種情況。換作是敵人的拳頭或劍打在你身上，敵人回望的眼神此刻化成了拳頭或劍，此時你不會有餘裕將自己的行動美學化，承受打擊逼向死亡的肉體失去了體驗的餘裕，轉化為一個絕對經驗的載體。肉體相反地沉默地承受著絕對的痛苦與死亡。

這段用迷離文字寫在《太陽與鐵》中的意念，大有助於我們理解劍道在小說《奔馬》中的意義。主角飯沼勳開場時是劍道選手，但當他要投身革命行動時，卻放棄了劍道。為什麼？因為飯沼勳無法再接受使用木劍。木劍是假的，因為木劍能夠刺激出的肉體冒險感覺是假的。此刻飯沼勳找到了可能讓真實的劍插入肉體的真實冒險管道，他當然選擇真實、揚棄虛假。

《太陽與鐵》中特別提到無法忍受觀念，並將想像和肉體對立起來。當作者動用想像在文字間將想像事物寫得栩栩如生，他很容易誤以為自己是自由的，可以任想像飛翔，想往哪裡飛就飛向那裡。

然而肉體相對不是。我們一般對於肉身的認知，就是限制。甚至所謂「自己的」肉體，大部分都是不隨意肌，不是意志能控制的。從想像的自由與肉體的不自由對比，三島由紀夫接著跳躍連繫了耶穌基督「道成肉身」（Incarnation）的事蹟。耶穌基督最偉大之處在哪裡？在於他「無罪受難」，沒有原罪，卻為了世人而形成肉身降到世間承受最痛苦、最不堪的折磨，才替世人爭取了重新得到救贖的機會。而「無罪受難」最鮮明的象徵是Incarnation。

祂本來是「道」，是高層次的存在，根本不需要肉身，卻捨棄了原有的精神性自由，徹底的自由，自我陷落成為人。如此陷落之後才能接近人，不是空間上的接近，而是存在上的接近。唯有確實經歷了不隨意、不能隨意，才得到真實的人的生命。

精神的自由與隨意，得來太便宜了。任何時刻中、任何狀況下，一邊閱讀這段文字，你的精神一邊就能飛到任何地方去。這麼方便、廉價的自由，不會有價值。真正的隨意與自由必須落在肉體上，鍛鍊身體過程承受了許多痛苦，然後一點一點爭取讓你的身體能夠做到原來做不到的，將一小部分的不隨意轉變為可隨意。這種得來不易的自由，才有真實的存在性，而且才是和別人相通的。每個人會有天馬行空，別人無法跟上、無法體會的夢幻想像，那是個別的；但肉體上得到的隨意自由，能做出的動作，是所有人都能理解的，只要有身體的人，都能理解這份自由的意義。

在這樣的思考背景下，三島由紀夫說：「痛苦是肉體唯一的保證。」痛苦來自於你扭曲、強求肉體去做原來做不到、不在隨意範圍內的事，如此而體會到那是你自己的，和意志、和想像抗衡的身體。

《奔馬》的荒魂

三島由紀夫點出一項重點：在日本，男人的肉體曖昧的存在狀態。在一般時候，男人的身體沒有什麼用，因為無從表現其造型美。男人追求身體之美，輕則被當怪人，重則引發嫌惡反感。在戰爭狀態中，男人的肉體變成了戰鬥的工具，目的是要死在戰場上，會在陽光照耀下腐爛。

戰爭中男人鍛鍊自己的身體，包括練習承受各種痛苦，這是可以被接受的，但戰爭結束了，又返回男人身體無用的狀態，沒有人會理解、支持男人重視肉體的狀態。人的精神過度發揚，肉體就相對墮落毀壞了。這樣的主題貫串在《奔馬》這部三島由紀夫自述為顯現「荒魂」的小說中。「荒魂」和「和魂」形成陰陽對比，而「荒魂」的主要內容，是由肉體、痛苦與死亡結合而成的。唯有通過痛苦才能具體知覺肉體，而肉體的終極完成，只能夠是死亡。在小說中，肉體的慾望和死亡的慾望一直是併合呈現的。

《奔馬》第九章中《神風連史話》的源頭，是參與「神風連起義事件」而倖存的緒方小太郎寫的一份叫做《神焰稗史端書》的文件。三島由紀夫參考《神焰稗史端書》內容，另外杜撰了一個叫山尾綱紀的人，當作《神風連史話》作者，再編出了《神風連史話》。

小說中依託為山尾綱紀所寫的《神風連史話》分成三個部分。第一部分的重點是うけひ，直譯為「宇氣比」，或意譯為「祈請」。「宇氣比」是一種特殊的儀式，到三島由紀夫那一代的日本人都不熟悉了，帶著強烈的神祕色彩。在這第一部中，為了起義而行「宇氣比」過程中，他們卻遭受了神的多番刁難，得不到同意與祝福。第二部分是關於事件本身的描述。而對整本小說作用最大的，則是第三部分。

第三部分的標題是「升天」，指的是參與事件的這些人如何赴死。在一夜戰鬥之後活下來的人，他們一個一個選擇死亡，或者切腹、或者刺喉自殺。以一段又一段關於死亡的描述，來總結《神風連史話》。

從革命的角度看，神風連起義一點都不重要，像是一場鬧劇。其中甚至還有一段抬神轎將主使者放在神轎前頭的詭異畫面，後來被大江健三郎套用到《換取的孩子》中，用來諷刺日本右派在戰後絕望地反抗美國占領軍的行動。但三島由紀夫將重點轉移到不是這些人做了什麼，而是他們如何去死。用戲劇性的方式表現肉體、痛苦、死亡，聚焦在肉體的「純粹體驗」、「純粹意義」上。

《春雪》到《奔馬》的連結點

第一部《春雪》和第二部《奔馬》真的很不一樣，符合三島由紀夫用四種文體表現四個不同時代的野心計畫。但邁向這空前的野心成就，一個人像是化身為四個作者般，卻必定會遭遇另外一個危機挑戰，那就是如何能夠不讓四部分裂解為四本獨立的小說，如何有機地連成一個整體？

本多繁邦是四部的必要連結，除此之外，輪迴是另一個拉住四部小說的主要元素。不過從《春雪》到《奔馬》，三島由紀夫又設計了一個更緊密、也更值得探索的連結點。本多繁邦遇見了飯沼勳，察覺他可能是松枝清顯轉世，在讀完飯沼勳借給他的《神風連史話》之後，給飯沼勳寫了一封信。這封信至少有兩項作用。

第一是透過本多繁邦對飯沼勳的述說，三島由紀夫為讀者重整了《春雪》的內容，說明《春雪》在表現什麼。第二，他在這裡連繫了兩部小說的兩個主角。

本多繁邦信中說：

我在想，倘若同你的年紀相仿，我是否會像你那樣感受到這種感動呢？對於這一點，我無法不表示懷疑。毋寧說，儘管我會在內心裡多少感到內疚和羨慕，可也會嘲笑那些把一切都賭在那種莽撞舉兵上的人。

矛盾的反應，會嘲笑，但在嘲笑時又生出內疚與羨慕，為什麼如此？他的解釋是：

當年，我相信自己將來能夠成為對社會有用和有益的人，因此，在那個年齡上倒也能保持自己感情上的平衡和理智上的清醒。在那個年齡上面，聽起來、說起來有點古板，但在非常年輕的時候，我已經知道大部分的熱情對自己都是不適宜的。我還早熟地知道人們都在扮演著各自應扮演的角色。就像我們不能從自己的身體中離析出來一樣，我相信在人生的演出中同樣不可能離開被規定好了的腳本。

這是他的生命觀，保守且追求安全保障，要求感情上的平衡與理智上的清醒。到這個時候，他已經實踐觀念成為法官了，還是別人眼中的模範法官，卻被飯沼勳的舉動弄得他失去了平衡，以至於離開了法官的位子。

從他的保守生命觀角度看去，當見到別人的激情時，甚至會覺得不合諧，激情與人之間的微妙齟齬。無論是什麼引發了激情，總像是something extra，外在添加上去的，而不是從自我內在長出來的。當他看著這些如此激情投身革命的人，他覺得很不對勁，激情與人之間不協調。所以他的反應是：

為了保護自己，我往往對此報以輕微的嘲笑。假如有心去尋找，就會發現這種「不適宜」隨處可見。而且，我的嘲笑未必就充滿了惡意，可以說，這種嘲笑本身蘊含著一種善意和肯定。因為，當時我已經開始意識到，所謂熱情，就是由於對這種不和諧缺乏自我意識才產生的。

年輕的時候，他給予人之所以陷入激情的解釋是：那是因為對自己不夠了解。熱情、激情必定帶著失控的現象，失控也就是無法有效掌握那份情感，正因為無法充分理解、無法掌握，才會失控，也才會有那麼濃烈、近乎瘋狂的反應。這是一體兩面，失控了才有熱情，熱情必然帶來失控狀態。

於是熱情與懷抱、表現熱情的人之間就有了不協調。熱情、激情使得人變得不像平常的自己，產生與原本自我分裂開來的違和感。

松枝清顯的轉世輪迴

然後在這裡本多繁邦提到了松枝清顯，說：「那位朋友破壞了我的這種完整的認識。」下面這段等於是對於《春雪》那部小說的後設評論，提示我們在三島由紀夫的主觀中，小說的重點是什麼。

松枝清顯對聰子產生了激情，而有了和他原本的自我極度不和諧的行為，整個人變得莫名其妙，有許多無法解釋的舉措。本多繁邦形容：

因為在那以前，他一直是一個水晶般冷漠和透明的人。他確實非常任性和重感情，可據我的觀察，假如他的這種細膩的感受性在現實生活中派不上用場，那麼，或許他會從那種單一、純真的激情中解脫出來，從而不會危及到自己的人生。

這個人如水晶般透明，身上帶著從公卿貴族家中學來的奇怪的優雅。《春雪》小說中清顯曾經有這樣的自我比喻：像是插在一根粗糙木頭上的一個優雅的刺。那樣的優雅和他自身以及侯爵家的環境，都格格不入，使得他變得極度敏感。《春雪》這部小說，如果是一部獨立的小說，照道理應該要寫：一個抱持著不合時宜的優雅、任性、敏感態度的人，他如何被外在世界改造，終究放棄了自己這部分的人格，融入成為正常世界的一部分。

這是小說合理的內容，也是如果別人來寫，理所當然會採取的寫法。但三島由紀夫沒有要這樣寫，所以藉由本多繁邦的信繼續說：

然而，事態並沒有這樣發展，癡迷和純真的激情很快改變了他，愛情執拗地把他變

> 成為最適合於熱戀的人。最愚蠢和最盲目的激情，成了最適合於他的情感。

松枝清顯臨死前的情態表明了，儘管他活在人間，卻注定要為了愛情赴死。那時，不和諧消失了，沒有留下一絲痕跡。太奇特，背離本多繁邦原本世界觀的發展，以至於使得本多繁邦在目睹「這個人變化的奇蹟」之後，被改變了。

聽起來很殘酷，他得到的改變，是了解了應該慶幸、而不是遺憾清顯死了。因為死亡才使得原本清顯的熱情與其生命之間的不和諧得到了和諧。死亡將松枝清顯完全轉化為他的熱情，終極地證明了他的熱情是真的。於是熱情、激情看起來只是人的失控，來自缺乏自我理解與自我掌握的不和諧消失了，他的人、他的生命與他的熱情徹底合而為一。

也就在這裡，連接了《春雪》的松枝清顯和《奔馬》的飯沼勳。松枝清顯為什麼會轉世而為飯沼勳？他不是明白地對本多繁邦說：「這個世界上跟我同時代，有最讓我討厭的人，就是這些劍道社的人。」結果轉世卻成了一個不只熱衷於劍道，而且具備超人劍道天分的飯沼勳，這是個玩笑嗎？

必須由本多繁邦來為我們說明這件事。他並不完全只靠飯沼勳身上那幾顆痣就認定飯沼勳是松枝清顯轉世的。他們兩個人的共同點，也是讓他們兩個人和其他人都區別開來的，是要以死亡來解決熱情與個人間的不和諧性，這樣的生命選擇、生命情調。

見到了飯沼勳，讀完了飯沼勳借給他的《神風連史話》，本多繁邦重新認識了松枝清顯死亡的意義。他已經體認到「神風連」真正吸引飯沼勳的，不是衝擊社會、改革社會的行動，而是近乎浪漫地在一棵松樹底下切腹自殺來完成自我生命的這個場景。

帶著強烈意志，要以死亡來完成熱情，那是本多繁邦原先沒有弄清楚的清顯的生命意義，此刻他從飯沼勳那裡得到啟發而明白了，也確認兩個人之間的相續轉世關係。

效忠天皇的飯沼勳

本多繁邦在信中說：

> 從我這個角度來看，以松枝清顯的生命作為對比的話，《神風連史話》的所有這些人，像是藝術品一樣，因為這些人都以他們的死亡，完成了他們生命當中的不和諧感，解決了他們的不和諧感。可是它就是一個完成的事物，你真的要被這種東西給打動，你真的想要模仿他們嗎？我希望你想清楚再說。我不覺得這是應該走的一條路。

這其實已經很清楚地表示了，他知道飯沼勳在想什麼，並沒有要用世俗的觀念來勸他年紀輕輕幹嘛想去死。他要傳遞的意念是：「因為年輕時遇到松枝清顯的經驗，讓我現在完全可以體會你的追求，但我希望你還是要真切確認，要用這種態度將自己的生命當作一個藝術品來完成嗎？」

當然，松枝清顯和飯沼勳還是有不同之處。松枝清顯是先有了對聰子的愛情，那一份和自我不和諧的激情，而由死亡替他解決了不和諧。飯沼勳則是先有了一種像是藝術創造的動機，要將自己的生命打造成徹底的熱情，受到那樣的死亡方式吸引，然而才去尋找、落實那份熱情。

他先有了為熱情而死的意志，然後才去尋找熱情投注的對象。這是《奔馬》中的飯沼勳和三島由紀夫自身生命選擇，最緊密卻又最曖昧的關係所在。飯沼勳選擇了信奉天皇、效忠天皇，也就是將熱情投射到天皇身上。然而他如何理解、如何體會天皇的意義呢？

小說中安排讓飯沼勳去見到了洞院君殿下。當年就是洞院君要娶綾倉聰子，因而引發了終至以松枝清顯年輕早逝收場的連環悲劇。從輪迴的角度看，飯沼勳和洞院君之間有著前世恩怨。

對著洞院君，飯沼勳提出了奇特的「忠義」解釋。他將「忠義」比喻為用那種會將自己的手燒壞的最熱的飯，捏成一個飯糰奉獻給天皇。如此只會得到兩種結果：一種是天皇拒絕不要，沒能盡到服務的責任，那就應該切腹自殺；另一種結果當然就是天皇接受了，吃下了那顆飯糰，但因為那是來自於一個沒有對的位分的人超越自己身分的服務，所以也應該切腹自殺。

因而所謂「忠義」，乃至作為「忠義」對象的天皇，豈不都只是一個藉口？但那是必要的藉口，來保證熱情有著落、有意義，可以用切腹自殺來予以完成。

以《奔馬》映照三島自殺事件

前面提過將《奔馬》當作解謎之書的讀法，那麼解出的謎底其實會令我們更覺困惑。這意味著三島由紀夫早已看透了，關鍵根本不在天皇，天皇或被抬舉得那麼高的絕對威權，只是讓像飯沼勳這樣的人可以去完成切腹自殺理想的虛空卻必要的目標而已。

至高絕對威權的作用，在於無論行為的結果是什麼，都會是對絕對威權的冒犯，所以一定要死。如此認知的飯沼勳，對比松枝清顯而有了一份內在可笑的、荒唐的性質。並且從而弄出了一場鬧劇來。

從兩個角度看都是鬧劇。一個角度是飯沼勳涉入的革命在行動前就被破解了，甚至沒有「神風連」那樣表面的悲壯。另一個角度是他竟然兩世都毀在同一個人的手中。他們去找了洞院君，但洞院君怯懦退縮了，他絕對不要傳單上有他的名字，決定撇清和革命行動的所有關係。

這裡反映出三島由紀夫的奇特個性與能力。他一方面能高度理性地演繹思考，另一方面又會將自己思維中已經表達清楚的條理，打散混淆為一片熱情。

比較淺地來看，飯沼勳追隨《神風連史話》發動革命，最終在小說的結尾處切腹自殺，那是自覺的生命選擇，似乎透出了一份神聖性。然而還有更深層一點的探索：什麼樣的生命情境，會令人覺得非壯烈赴死不可？「神風連」他們找到的答案是發動「維新」來改變日本的走向，但實際上他們什麼都未曾改變。他們僅有的成就是找到理由讓每個人得以走上切腹之路。

這等於是將三島由紀夫自己的行為事先點破、嘲弄了。他闖入自衛隊要求他們放棄效忠憲法，應該要信仰天皇，那樣的信仰豈不就是空洞的？不只是和真實在位的昭和天皇無關，甚至和任何一個活著的、活過的天皇都無關，和天皇的實質政治權力也都無關。

他說的天皇，是一個絕對不能企及的至高權威，以便給他一個可以選擇自殺的理由。這是飯沼勳所追求的絕對、純粹，也是三島由紀夫在理智之外的想像選擇。

夢想著太陽而死

從《奔馬》中本多繁邦寫給飯沼勳的信，我們意識到他在四部小說，尤其是後三部裡的另一項作用。他扮演了前面一個故事的評論者。我們可以將本多繁邦視為作者三島由紀夫的化身，在後來的作品中回頭去講解前面的情節，於是在這樣的布局中創造出各部作品中的奇特互文關係。

本多繁邦點出我們可能忽略了的內容意義，或提供了前面情節的意義解釋。第三部《曉寺》的第十章，當時四十七歲的本多繁邦回頭檢討飯沼勳的故事。

本多繁邦去了泰國，在書店裡翻開一本英文詩集，讀到了一首詩，那是參與過一九三二年泰國不流血革命的一位青年，將革命後的幻滅用詩的形式記錄下來的作品。本多繁邦被這樣一首絕望的政治詩打動了，突然覺得「絕對沒有更能撫慰飯沼勳在天之靈的詩了」。

他回想、重新評價過去的事。像飯沼勳他們這樣懷抱革命理想的人，只有兩種死去的方式。一種是革命失敗了，在現實中犧牲了生命，或選擇為了革命的失敗獻身。這種人當然不曾目睹、經歷革命所帶來的結果。但假使革命真的發生、真的成功了，他們就能好好地活下去嗎？不，因為他們的革命信念如此純粹，革命後的情景必定讓他們失望，他們只能以第二種方式，為了表達對革命的絕望而選擇死亡。

飯沼勳和寫這首詩的泰國志士有什麼不一樣？他們彼此的差距不過就是：一個死在革命之前，一個死在革命之後。相較下，飯沼勳還比較幸運吧，他至少是「夢想著太陽而死」的。經歷了革命結果才絕望而死的人，他們的「太陽」出現了裂縫，連太陽都變得不是完整、完美的了。

那位泰國詩人會羨慕飯沼勳的選擇吧！而飯沼勳具有的，是一種「年輕人無知的睿智」，所以做了值得羨慕的決定。他並非預見了革命的後果而去死，對於未來他是無知的，但年輕的衝動使得他無法忍受革命失敗，不會要等待之後的變化與機會，直接投向死亡。如此反而像是有了先知般的睿智，讓自己得以避開後來必然被玷汙、被破壞了純粹純潔的革命結果。

繼續等待，只會等來絕望，還不如早早去死吧！決定去死時，飯沼勳依賴的不是知識、不是預見，而是直覺。直覺讓他跳過了現實的過程，跳到「對面」去。意思是：

在死的瞬間，無論成功或者是失敗，或遲或早，時間反正要帶來幻滅。對於這種先知，如果只是一成不變的話，那並不是什麼是先知，因為他不過就是常見的悲觀論者的見解，重點只有一個，就是以行動、以死來體現先知，飯沼勳出色地把它完成了。時間到處設置的玻璃障蔽，絕非人力所能夠逾越的障蔽，唯有用飯沼勳那種行為，才可能由對面向這一面，和由這面向對面，均等地透視。

有一種人，是普遍的、平庸的「悲觀者」，他們總是感覺到逃不過時間的魔掌，反正時間會改變一切，所有美好的事物終究要變質、要消逝。人面對時間徹底無能為力，只能接受時間帶來的幻滅，那是悲觀的宿命。

停留在這種悲觀中，是平庸的，只能不斷發出普通的感嘆。這種人還能活下去，因為他們不明白時間會帶來絕望。對於那種懂得絕望的少數人，他們必須用行動去阻止時間，阻止時間帶來的絕望在自己身上實現。他只能訴諸於死亡，藉由自殺讓時間在自己身上停止。他雖然還在時間的這一邊，卻已經看穿了：越過時間到達「對面」也只會是幻滅。

《曉寺》第十章中有這麼一段話：

兩個生命，通過不能重演的兩個生命的出現，穿透那玻璃障蔽而結合起來，動和這一位政治詩人，也就是一個是在事件之前死掉，一個是在絕望之後死掉，暗示著一種永恆的鎖鏈，憧憬經歷結局而死的詩人，和拒絕經歷結局而死的年輕人之間的鎖鏈。如果是這樣，他們用各自的方法所追求和期望的事情的本身，又將如何？

這段話是三島由紀夫對於什麼是歷史的說明。對他來說，所謂歷史夾在這兩種生命態度之間，一端是像飯沼勳那種「無知的睿智」帶來的直覺，讓他在現實事件發生之前就赴死，省去了事後幻滅絕望的折磨；另一端是領受了挫折之後才去死的決定。兩者的差異，橫在兩者之間的，是事件，也就是一般我們認定的歷史。

從這個角度看，歷史是由什麼因素造成的，是命定的或由人的意志主宰的，變得不重要了。他看到的、他在乎要呈現的，是更高層次的宿命，不管事件如何發生，不管歷史有怎樣的來龍去脈，終究逃不過幻滅與絕望。在時間中，事件必然變質，歷史必然導向其原始動機的反面。這是事件的集體共性，歷史無可推翻的通例。所以他關心的不是任何個別事件、歷史到底發生了什麼，而是這份集體性和個人間的關係。

歷史帶著強大的集體力量，任何個人，不論是這邊的飯沼勳，或那邊的泰國政治詩人，當試圖藉由己身意志去介入，都只能得到幻滅。所以不要想以意志改變歷史，而是要以意志去參與歷史，這是很不一樣的兩回事、兩種生命態度。《太陽與鐵》中描述抬轎後和大家一起抬頭看天，那瞬間喪失個人意志因而參與了，沒有主觀動機意圖，反而才能真正參與。

非死不可的決心

這既是藉由本多繁邦的思考，對於《奔馬》內容的評述，也是三島由紀夫死亡之謎的另一條線索。寫作《豐饒之海》時的三島由紀夫四十歲了，不再是少年、青年，不適用於「年輕人無知的睿智」，他必須訴諸更多的推論來形成關於生命的終極判斷。

他相信生命要有意義，不能停留在一般世俗的活法，要找到一個超越的、絕對的權威，成為自己獻身的對象。不過他又明白，那個對象只是看起來在外面，實質上是反映了自我內在的一種純粹性，才能構成生命意義的來源，也就是推到最極端，找到一份最純粹的，徹底超越生活，讓自己願意犧牲一切，在這份純粹之前，沒有任何可以活下去的理由與動機，證明了這份純粹的終極至高價值，無法妥協絕對高於自我生命的權威，沒有雜質，如此淨化了原本庸俗、瑣碎的人生。

純粹的權威給了他去對抗時間、停止時間的動機與勇氣。他體會過許多，思考過更多，但他知道那些體會與思考不夠深刻，不足以讓他看透時間必然帶來幻滅的真理，那不是知識層次的了解，只能從經驗中去認識。

要解開三島由紀夫的死亡之謎沒那麼容易。我們不能用世俗的概念來趨近他的行為。世俗淺薄的看法將他當作狂熱右派分子，為了策動自衛隊反對新憲法，為了提倡天皇信仰而自殺，他的生命燃燒著國家主義的烈火。這種看法，甚至就連表現這種看法所使用的語言，很明顯地對應不上三島由紀夫已經寫在《豐饒之海》中的內容。

從《奔馬》到《曉寺》，他所運用的敘述策略是「既非此，亦非彼」。飯沼勳之死，既不是為了革命行動，他對於革命早已沒有任何夢幻，而且是刻意取消自己對於革命成功的夢幻，先決定了就算革命成功仍然要慷慨赴死，所以才說他已經直覺地穿越到時間的那一端了。飯沼勳之死也不是真的為了天皇。他已經表白了，不論天皇對他的行動採取什麼立場、有什麼反應，不會改變他應該切腹自殺的決心。

「既非此，也非彼」，推到最後所有的理由都不成立，那是沒有真實理由、只有種種看來像理由的藉口的行動。非死不可的決心，不受任何其他因素影響改變的絕對決心，如此才會是純粹的。

三島由紀夫用這種方式寫飯沼勳之死，他當然也在這過程中同樣複雜、艱難地思考自己的生與死抉擇。

法庭上的矛盾

朝向死亡是三島由紀夫堅持且長遠的意志。透過《豐饒之海》與《太陽與鐵》，他一直思考，同時一直記錄自己的思考。我們必須尊重他留下來的紀錄，不能任意、簡化地解釋他切腹自殺的行動。

作品中顯示了，走向死亡的過程中，三島由紀夫有著強烈的追求，他的追求一般人很難理解，他也愈來愈不在意世人是否理解。那份追求對他自身而言，如此真切，是生命與體驗的終極狀態，所以他必須予以記錄下來。

不過，《豐饒之海》不只是要記錄他的「死亡思考」，還要作為「傳世遺書」。除了解釋、交代人生最終決定之外，還要將他思考過、感受過的種種獨特、有價值的內容都放進去，完成一部讓世界記得三島由紀夫全幅生命的代表作。

作為思考者，他相信純粹性，並且身體力行以生命去實現終極的純粹性。他羨慕飯沼勳那樣可以藉著「無知的睿智」產生排除所有曖昧、弔詭，單純、勇敢地為實現純粹性而死。但另一方面，作為小說家，他不可能只寫純粹概念，還是要放進現實的種種曖昧、弔詭，既襯托純粹性，卻又汙染了純粹性。

《奔馬》小說中有法庭上大逆轉的情節。飯沼勳在最後陳述中，誠實地表達了自己非死不可的求死意志，並且說：「如果不是法律介入的話，我現在已經死了。」結果弔詭地，法官和在場的人被他的慷慨陳詞感動了，於是判他不受刑事處分。

而這正是作為辯護律師本多繁邦已經預見了的。那甚至就是他救助飯沼勳的主要策略，讓飯沼勳的純粹真實感動法官，大家會反過來認為他不應該死，那麼有理想的人應該活下去。

這是弔詭的情境，甚至近乎反諷，然而這才是現實。求死的絕對意志換來了躲過法律死刑的判決，這在道理上是說不通的，卻是人世間會真實發生的。更加反諷的，是鬼頭槙子的證詞。她將日記呈交為證物，卻在日記中假造了徹底的謊言。

飯沼勳去向槙子告別時，槙子明明知道他認定那就是兩人永別，但在日記中卻寫著飯沼勳反悔了，告訴她要將整件事取消。槙子藉由對飯沼勳的愛，以及相應飯沼勳對她的愛，尋求、逼迫飯沼勳放棄他的純粹性。飯沼勳必須做出選擇：堅持自己的純粹性，堅持說出真相的話，那就意味著讓槙子去面對偽證罪的懲罰。

飯沼勳在法庭上只能供訴：承認自己在那天晚上有向槙子表達反悔之意，不過強調那不是真話，不是心中真正的想法，只是用來欺騙、安撫槙子的。如此免除了槙子的偽證罪，也保住了自己的行動意志事實。看起來似乎兩全其美，然而在飯沼勳自身的純粹性標準上，卻過不了關。

他試圖要藉由死亡排除的曖昧、弔詭、不乾淨、不純粹回來了。甚至連他和槙子的關係都陷入矛盾難解的狀態。如何看待槙子？她救了飯沼勳，還是她背叛了飯沼勳？這兩者之間，沒有明確、乾淨的評斷。她為了愛，為了不讓飯沼勳被判死刑，卻破壞了明明知道飯沼勳視為比生命更重要的純粹性理想。

被破壞的純粹性

除了槙子之外，事件中另外一個關鍵人物是飯沼勳的父親飯沼茂之，槙子將行動改變的消息偷偷告知飯沼茂之，他去舉發了自己的兒子。飯沼勳並不知道是父親舉發以至於使自己被捕的。

飯沼茂之將自己的行為告訴兒子的辯護律師本多繁邦。世俗的認知很容易同情這位父親，當他察覺兒子求死意志如此強烈，不願意兒子在行動中犧牲，便以告密的方式破壞了行動，如此至少保住兒子能活著。這是讀者在小說中第一次得知此事時會有的反應。

但事情沒有那麼簡單。到飯沼勳無罪釋放後，飯沼茂之在和兒子一起喝酒時，酒後用一種充滿自豪的口氣揭露了自己的狡猾算計。他意識到「二二六事件」風潮掀起的社會氣氛，很多人同情懷抱有理想而去衝撞體制的年輕人，但這些人死了，同情對他們都沒有好處。所以他不只要讓兒子活著，還要利用這個氣氛披露他們的理想企圖，用他自己的話說：「你以後就了不起了。所以經過這一次之後，我給你、讓你有更好的資格，下一次去發動你要做的事情。」他在幫助飯沼勳，給他更好、更高的資格，可以去實踐他的理想。

從現實上看，父親的考量是對的。兒子目前只有那麼一點本事、一點力量，發動革命也改變不了大局，應該要藉機將自己做大，抬高了自己的地位之後，下次再有機會，就可以帶頭，利用社會知名度爭取支持，更能成功。

革命要成功不就應該如此算計、累積嗎？孫中山不就是在十次起義的失敗過程中，逐漸建立起自己的名聲與地位，才能成為「國父」的？

但飯沼勳和他背後的作者三島由紀夫卻早就了解革命一直走下去，只會走到幻滅的那一端，因而真正在意、卻被飯沼茂之破壞了的，是那份當下的純粹性。飯沼茂之認為兒子是要發動革命、成就革命，用他自己選擇的方式幫助兒子。和鬼頭槙子一樣，他們都是以自認為的愛，依照他們的判斷，結果破壞了飯沼勳的純粹。

而飯沼茂之對兒子的坦述，還造成了更大的傷害。他讓兒子知道了，這些右翼分子在社會上活動最主要的資源，來自於像藏原這樣的大資本家。那是一種類似付保護費的概念，這些人自知成為右翼激進分子的暗殺對象，就事先給錢討好他們，遇到有事時，也許這份交情可以讓右翼分子去選擇其他對象。

飯沼茂之說來沾沾自喜，要讓兒子知道這種做法有多聰明，拿到了可以運用來活動的錢，可是真的要暗殺時，不會因為他們給了錢就放過。付錢是一回事，正義是一回事，他自豪於沒有混淆兩件事。

飯沼茂之用這種方式經營右翼團體，用那種方式救他的兒子，他是一個沒有原則、矛盾的人？還是具備世故智慧的人？還是善於狡辯的人？這背後牽涉到更大的歷史問題：日本建立了近代國家，核心的運作原則與力量，應該是本多繁邦所代表的法律理性；然而環繞著飯沼勳的事件，從飯沼勳的思想與行為，到鬼頭槙子援救飯沼勳的動念與實踐，到飯沼茂之經營右翼團體和密告兒子的種種算計，卻都不在法律理性範圍內，不是法律理性所能處理的。

法律理性被捲在中間成了一個鬧劇式的因素，導引將看來矛盾的想法變成了必然的事實。一個年輕人將應該被判處死刑的犯意犯行陳述得清楚明白，反而在法律之前不受任何懲罰。

所以什麼是法律理性？從第二部《奔馬》一直延續到第四部《天人五衰》，藉由本多的經歷、思考與動搖、改變，三島由紀夫要呈現法律理性的失敗，從原本被信任的地位一路淪喪、瓦解。

「荒魂」升起了

《豐饒之海》四部曲是三島由紀夫為近代日本所寫的史詩。作為歷史小說，《奔馬》展現的是三島由紀夫對昭和史開端的看法。

重點在於日本從充滿了「和魂」的大正時期，要轉入為「荒魂」式的昭和時期。關鍵在於走過大正時期後，日本遇到了整個發展停滯的巨大問題。農村生產組織在持續快速變化中終於支撐不下去而瓦解了。在傳統的經濟生產上，壓蓋了一個外來的，與世界性工業化、資本化密切連動的資本主義、資本家勢力，而資本家又直接和政府掛勾，實質上將日本政府資本主義化。

飯沼勳在法庭上解釋自己之所以放棄了劍道，是因為看穿了只在武場上打來打去的劍道沒有意義。當年的維新志士練劍道，是真正為了拚生死，現在非但和生死無關，和任何有意義的事都無關。

合在一起看，看到了日本之所以能夠快速吸收西方文明元素，讓那麼多異質事物進來，有一個絕對不容忽視的力量作用，那就是戰爭。持續有戰爭，動員了人的激情，創造了高度集體認同，於是得以掩蓋內部的分歧矛盾。

倒幕、維新都由武士推動，經歷了各藩角力，一直到刺激「神風連起事」的「廢刀令」，武士被繳械，武士的勢力從歷史舞台鞠躬謝幕。然而國家整體仍然繼續武力化、武裝化，接下來爆發了國家規模的戰爭，先後和清朝、俄國打仗，一直到參與第一次世界大戰，然後開始了下一個新的歷史階段。

大正時期的纖細顯現為一路指引日本的武士精神與戰爭情緒的反動、逆轉。戰爭結束了，以華族為首，開始了一種非戰爭的生命情態。但相應地，原本靠著戰爭而掩飾的種種問題，就在大正時期曝光，收拾不住了。

三島由紀夫的史觀是：前面是戰爭，後面也是戰爭，如此一段沒有戰爭、發展停滯的時期，就是從飯沼勳他們的行動中被開啟的。他們象徵著一個新的戰爭狀態捲土重來，要回復人可以上到戰場尋找真實生命體驗的狀態，既是開啟了新的時代，也是重返原先舊的時代。

《春雪》描寫的，是突然沒有戰爭的情境中產生的浪漫病態。依照三島由紀夫的史觀，這個時代沒有獨立性，是被前後的戰爭夾住決定的。到《奔馬》，他刻意在小說中寫成好像「二二六事件」是由飯沼勳的行動啟發的，那就是軍國主義的「荒魂」在這裡升起了。

《春雪》表現了纖細柔美的極致，《奔馬》表現了軍國主義陽剛的極致，看起來徹底相反，但兩者都來自三島由紀夫，都存在於他的真實生命中。

第五章
讀《曉寺》與《天人五衰》

《曉寺》的本多繁邦

對讀《豐饒之海》和《太陽與鐵》，會發現中間有個體與歷史的奇特平行現象，都是從陰柔纖細朝向陽剛粗獷發展。大正時代像三島由紀夫的少年時期，充滿了隔絕肉體的語言，創造出迂曲迷亂的風格；到了昭和時代，那是重新認識了肉體，轉而以最激烈的感官衝動為主，揚棄了原來的生命追求，變化到相反立場的對面去了。

第一部《春雪》的主題凝聚在月修寺老尼說道的內容。一切都離不開概念，是概念而不是客觀物質決定了你感覺自己喝到清澄甘甜還是汙染噁心的水。松枝清顯一直困擾於要弄清楚聽子究竟是一個什麼樣的女人，以至於無法以肉體直接去愛聽子。這等同於「和太陽和解」之前三島由紀夫的生命情調，後來被他認定為「病態」的。

第二部《奔馬》中，「和魂」被拋棄了，「荒魂」升起，在太陽熱烈照耀下，只有肉體算數。轉世後的飯沼勳在瀑布下，以其肉體的印記向本多繁邦現身。也就呼應了三島由紀夫自己明白揚棄少年時對語言的著迷、依賴，轉而凝視自身肉體的變化。

這是前面兩部中，三島由紀夫建構史詩，將個人與時代牽繫在一起的方式。然而這種史詩式的性質到了第三部《曉寺》，卻似乎消失了，尤其是在個人與時代連結上，不再那麼清楚。

從松枝清顯到飯沼勳，他們分別是《春雪》與《奔馬》小說中的主角，毫無疑義。然而我們卻不能順著這個模式認定第三世的月光公主就是《曉寺》的主角。《曉寺》中本多繁邦的分量明顯比月光公主重多了。三島由紀夫不要重複已有的結構，他徹底改動了月光公主在小說中的作用，絕對和松枝清顯、飯沼勳不一樣。

《曉寺》從本多繁邦到了泰國開始，歷史背景則從第二部的昭和初年，進入了戰爭時期。由此，從小說的設計規畫上，引發了幾個關鍵問題。首先，為什麼要以本多繁邦來引領書寫戰爭？

死亡不是終點

本多繁邦原先是位法官，在第二部中為了替飯沼勳辯護而辭去了法官職務改任律師。事過境遷後，他用「有了正義前科」來形容自己那段經歷。也就是自以為要維護正義而衝動行事，冷靜之後發現那並不是什麼光榮的行跡，更糟的是，他不只放棄了多年來的準備與追求目標，不再擔任法官，甚至在參與飯沼勳審判過程中對法律理性的信念受到層層質疑，不斷步步撤退。

撤退的第一步，他開始對於法律理性有所懷疑，但反而加強了對於法律的思考與追求。那是他看到了《摩奴法典》，發現輪迴竟然被寫入法典中，作為罪與罰關聯的一項變數，使得他無法再安居於原本的理性式法學世界中，不得不擴大對於什麼是法律的看法。

第二步，為了飯沼勳，他從勤奮於追求生涯前途的法官，變成了一個行事愈來愈心不在焉，愈來愈鬆散，讓大家覺得奇怪的人。第三步，他甚至不當法官了，在審判中，承審法官駁回檢察官要求中尉作證時，他一度迷離恍惚忘了自己的律師立場，對於法律，他不再有堅定的看法，不時陷入曖昧與矛盾心情中。

到飯沼勳獲釋卻去進行暗殺，然後自殺，整件事結束了，本多繁邦原本的正義感隨而失去了著落。他對正義這個概念幻滅了，所以稱自己為「有正義前科的人」。

帶著「正義前科」，到《曉寺》中，他變成了一個服務大富豪的律師，接下一個拖延了幾十年，沒有人相信能解決的案子。他成功地處理了，得到涉爭土地的三分之一作為報酬，突然又成了億萬富翁，忙於適應新的富豪生活，要蓋新的別墅。

這樣的人生情境，豈不是和戰爭格格不入？三島由紀夫怎麼會選擇這樣的本多繁邦來當作這段歷史的主角？透過本多繁邦的經驗與眼光，我們幾乎感覺不到戰爭的存在，戰爭不是用現實的方式在這部小說中顯現，毋寧只有在某些超現實的瞬間才產生了夢境般的印象。例如描寫「阿鼻怒號」，將想像中的地獄聲響和空襲轟炸連結在一起。

推開了戰爭，而將輪迴推到《曉寺》的中心。本多繁邦從泰國又去了印度，接著從唯識學展開令人嘆為觀止的復活、輪迴的細密討論。輪迴不是簡單的一個靈魂主體不斷復活，必須同時考慮到佛教教義中否認固定不動靈魂主體的存在，因此有了綿密弔詭的種種論點。

要記得，這時候的本多繁邦，已經經歷了松枝清顯和飯沼勳的兩代轉世。輪迴對他來說不是單純的理論或信仰，他有著從自己具體經驗去認知輪迴的另一個角度。從這個角度，輪迴有嚴重的意義缺失——破壞了人生最根本的悲劇性與悲劇感。

本多繁邦在印度親見了輪迴這方面的效果。真正相信輪迴的人不會認真對待死亡，更別說悲壯地走向死亡，他們抱持著對死亡的輕忽態度。因為死亡不是終點，只是一個階段結束，同時是下一個階段的開端，死亡失去了那份「唯一」帶來的莊重性質。

三世輪迴的象徵

經過了飯沼勳的自殺，輪迴到了《曉寺》中，增加了更多曖昧弔詭。如果飯沼勳是松枝清顯的轉世，那麼飯沼勳死後還會再入輪迴，但如此一來，飯沼勳尋求的終極、絕對死亡意義，不就被輪迴破壞了嗎？他死了，還會以不同身分再回來。應該要感受飯沼勳之死的強烈悲劇性震撼，無從彌補的絕對損失，但本多繁邦卻做不到，因為他總是想著：你還會回來……減少了悲壯之美，甚至讓整件事成為一場鬧劇。

月光公主每次出現，對比前面的飯沼勳，令人忍不住想起馬克思的那句名言：「歷史上所有重要的事，第一次出現是悲劇，第二次再來時就成了鬧劇。」從松枝清顯到飯沼勳，這中間有著神祕卻必然的連結——兩個人的生命情調是互補的。

《奔馬》小說中經營公寓的老人被召喚到法庭上指認去找崛中尉的人，他看見了飯沼勳，卻說：「這個人好像二十年前來過。」除了本多繁邦沒有人聽得懂他在說什麼，那麼年輕的飯沼勳怎麼可能在二十年前做任何事、去任何地方呢？

老人在松枝清顯和飯沼勳身上看到了什麼熟悉之處？我們可以更徹底地說：松枝清顯和飯沼勳是三島由紀夫一個人的兩面，「和魂」的一面和「荒魂」的一面，如此密切連結在一起。

但到了下一次轉世，最奇怪之處反而在於如此明確，一切條件齊備，簡直沒有任何懷疑餘地。本多繁邦去到泰國找過去認識的兩位暹羅王子，知道了在皇室中有這樣一個小孩，承襲親王死去的未婚妻之名，但說自己是日本人投胎的。而且這個小孩一見到本多繁邦立即抱住他，要求將自己帶回日本去。

為什麼要這樣安排？主要原因在於這部小說不再以轉世者為中心，而要呈現本多繁邦過去抱持的種種信念——法律、理性，乃至於看待死亡的嚴肅、緊張態度——都鬆動了。他變了，而且變得如此莫名其妙。

他不只是戰爭中的暴發戶，還成了一個dirty old man，夜裡會去公園偷看情侶幽會，總是帶著一根枴杖，不是真的行動不方便，而是要用枴杖去鉤偷看對象女性的裙子，以便看得更清楚些。

何其不堪！他自以為神不知鬼不覺去偷看，卻遇到了一個人告訴他：「我認得你啊，我們是一起在公園裡偷看的人。」即使如此都無法阻止本多繁邦繼續去偷窺。他還把偷窺的衝動帶回家，設計了從書房偷看隔壁房間的孔洞，以月光公主為慾望的對象。

從松枝清顯、飯沼勳到月光公主，他和這個輪迴中的生命每一世都形成了不同關係。但到了將月光公主視為偷窺對象，真是每況愈下吧！松枝清顯代表了纖細之美的極致，飯沼勳展現了對於純粹性的追求，怎麼會到月光公主這世時，這份關係變得如此膚淺，近乎鄙俗？

和三島由紀夫自我生命的連繫上，《奔馬》預示、預演了兩年後他選擇的行動，他近乎自虐地將自己四十五歲的生命裝進十八歲的飯沼勳的肉體感受中；但作為小說家，尤其作為思考者的追求上，他並沒有停留在這裡。接下來他帶著深刻的反諷精神，重新省思什麼是「純粹」。

對於他將以生命相殉的這份純粹概念，三島由紀夫沒有要抱持一種簡單的擁抱、信仰態度。在第三部《曉寺》中，三島由紀夫藉由老去而變得猥瑣的本多繁邦問：昭和年代的確出現了糾結難解的種種社會問題，讓人對於現代與進步產生了幻滅，也才會有像飯沼勳那樣要回歸純粹日本傳統的衝動，但飯沼勳的行為到底具備什麼樣的意義？可能是飯沼勳自己都不了解的真實意義？

飯沼勳選擇了殺人後自殺的方式來重返純粹日本性。殺人是以最激烈的手段指出自己所厭惡、反對的。但將無法忍受、不要的對象除去了，卻接著自殺，代表著已經知曉自己的行動不會帶來改變，只會帶來絕望，所以選擇在絕望到來前先毀滅自己的生命。

除了殺人及自殺之外，飯沼勳選擇的這條路之外，還有別的路嗎？說得更明白些：在現實中有可能找到和純粹日本性共存之道嗎？或是：永遠都只能以死才能碰觸到那份純粹？

之所以大部分的日本人放棄了純粹日本性，不就是因為那樣的追求只能以死亡為其手段，以生命為其代價，他們不可能負擔得起，只好遠離。

為何有「阿賴耶識」的存在？

在《曉寺》書中，三島由紀夫再一次回到「唯識學」，但這套與輪迴密切相關的複雜思想在小說中每次重來，都有不同的重點。

這回的重點在於提出了大問題：為什麼明明是唯心主義，將一切建立在人的主觀感官上的「唯識學」，必須假定有第八識阿賴耶識的存在？

「唯識學」的基礎類似西方的極端唯心主義論。西方哲學中喬治．柏克萊（George Berkeley）就主張，我們只能透過感官接觸、認識外在世界，所以每個人所接觸、認識的都只是自我感官所塑造出來的世界，那是純粹主觀的，不只無法有客觀性，甚至無從保證其確定實有。屋子裡的一張椅子，我可以藉由視覺與觸覺感知，認定其存在，然而一旦我的感官離開了這張椅子，就不再有保握椅子不會消失或變形。人的感官不可能提供這種保障，而之所以這個世界沒有在感官離開的時刻，沒有任何人知覺時，我們還可以確定椅子的存在，而且可以一而再再而三回來感知同一把椅子還在那裡，證明了上帝的作用，在空無一人感知保證時，是上帝的超越全面知覺替我們保障了世界固定的存在。不能沒有上帝，沒有上帝我們將活在不可思議的變動恐慌中，只要眼睛離開一座山，就沒有把握山會繼續存在；只要身體離開椅子，就不確定再坐下來椅子還在那裡，那會是多麼恐怖的生活狀態啊！

唯心主義哲學將一切都視為個人心象所生，聽到說話的聲音，你無法有把握別人和你聽到的是同樣聲音，甚至說話的人發出的就是你聽到的聲音。你不可能同時變成別人來接收、感知這個聲音，也無法變成說話的人，只能以你自己的主體主觀來領受聲音。看到一個紅色的杯子，即使所有的人都認定那是紅色的，我們也無從肯定大家眼中看到的紅色是一樣的。這是主觀間絕對無法打破的壁壘隔絕。

佛教用這套「唯識論」來說明，既然一切都是心象所生，那就都沒有客觀性，那就都是只存於個人感知中的虛幻，將虛幻當作實存，是人最糟的錯誤與執念，也是讓人陷入痛苦最主要的原因。

但唯心主義的解釋，只需要前七識，五官五識加第六識思想，頂多再加第七識的統合虛幻自我感，就夠了，為什麼「唯識學」卻沒有停留在七識的結構，還要多加第八識阿賴耶識？

三島由紀夫在小說中，不只提出了這個問題，而且嘗試給出答案。他的答案不完全來自佛教哲學，相當一部分是植基在小說情節的有機延展，具有高度的原創性。

阿賴耶識是為了保障感官心識所呈現的，背後有一個真實世界。世界的實體不斷流變，然而如果依照時間將世界切成一段一段由瞬間所構成的切片，那切片仍然是實有的。世界的虛幻並不是完全沒有實體，而是當下、剎那的實體到下一個剎那就改變了，原來的那個實體現象在變化中消失了，變成另一個不一樣的實體，如此一直進行沒有固定下來的時刻。

我們無法捕捉時間中的實體，但還是能夠認識、體會如果將時間限縮到最短最短的瞬間，那再薄不過的切片是實在的。

有阿賴耶識才能分辨，有一個持續流變中的世界，和個人感官心象上的流變不一樣，佛理教訓要人看清楚變化形成的虛空也才有著落，要不然我們只能認識自己感官心象上的流變，憑什麼說實存世界是變動不居的，憑什麼得到打破定著幻象的洞見智慧？

佛教需要一個實體世界與實體的流變，不然要看破什麼？要有實體世界我們才能從原本對於這個世界的一種固體式的認知——將所有的事物現象都看作是固定不動的，誤以為它們都有主體，轉換為流轉的認知——原來一切都像是瀑布一樣，我們將之稱為十分寮瀑布、黃果樹大瀑布，我們眼中看到一道二十四小時、三百六十五天、三千年一直都存在的瀑布，但實際上那只是由持續奔流的水形成的現象，沒有任何固定的成分，也無法捉摸說「這就是瀑布」，能被捉摸、取汲的只是水，不會是瀑布。

如此，在小說中一來連繫上在《奔馬》裡看似被抬得很高的「荒魂」，二來也連繫到進入戰爭時期後荒唐的本多繁邦與那個時代的關係。

虛無主義與藝術

《曉寺》中，本多繁邦遇到了一位過氣的藝術家菱川，小說中記錄了一大段菱川的感慨。菱川說：「一切藝術都是晚霞。」然後解釋這句話的意思：

「藝術這東西，就是巨大的晚霞，是一個時代所有美好事物的燔祭。長期延續下來的白晝理性，也被晚霞無意義的色彩浪費所糟蹋；被認為永遠持續的歷史，也突然感到末日來臨。美，擋在人們眼前，把人世間的一切作為變成徒勞。目睹那晚霞的輝煌，目睹火燒雲瘋狂的奔逸，『更美好的未來』之類的囈語也立刻黯然失色；眼前的現實就是一切，空氣裡充滿了色彩的毒素。什麼開始了呢？什麼也沒有開始，只有完結。……」

本多繁邦對於菱川的長篇大論顯然很沒興趣，甚至產生了厭惡之感。三島由紀夫明顯地是要藉由菱川來寫一種他認為的莫名其妙、不稱頭的藝術家。菱川的原型是太宰治，這段內容充分表露了三島由紀夫對太宰治與「無賴派」作家的看法。

後面他又長篇地描述了今西所幻想的「石榴國」，尤其是「石榴國」幻想中與性有關的部分。兩段內容加在一起，那就不只在討論藝術與藝術家，而是更進一步要揭示戰爭所引發的虛無主義潮流是怎麼回事，又製造了什麼樣的大破壞。

從菱川到今西，也影射了現實中像太宰治那樣的頹廢、虛無生命態度，三島由紀夫提出的批判是：你們連要如何有個像樣的死亡都沒有辦法、沒有資格去追求。當一個人活得如此窩囊時，如何思考死亡？就像如果沒有一種特殊鍛鍊過的身體，是沒有資格切腹自殺的。

而戰爭最大的問題，是讓人失去了看待死亡的那份莊重之感，用肉體、而非觀念去感受死亡。或許對我們來說很陌生，但這是三島由紀夫再真切不過的存在考驗，他必須經歷從逃避太陽到迎向太陽，取得了重視肉體的新啟悟，然後羞愧地發現自己的肉體如此虛弱不堪，再花費二十年時間鍛鍊身體，最終要在身體走下坡無法堂皇承受切腹之前，使得他失去體驗死亡資格之前，讓自己死去。

他如此認真看待這樣的死亡。從他的眼中看去，那種頹廢藝術連對待死亡都缺乏緊張感，像太宰治那樣隨便就去殉情尋死，絕對無法得到他的認同，遑論尊重，在小說中他清楚表露了對這種藝術家的不耐煩。然而，換另一個角度看，我們又不得不佩服他的敏銳觀察與同情想像，他還是能夠長篇開展菱川和今西的看法、主張，並沒有因為自己不同意便一筆帶過，更沒有任意予以醜化。他只是讓本多繁邦以一種「曾經滄海難為水」的態度，洞視了這種藝術家的空虛，激發了他心中的反感。

人生與小說的華美終點

《豐饒之海》是三島由紀夫的遺書，是一份複雜的雙重遺書。

在《奔馬》中他交代了自己為什麼選擇那樣的自殺死法，他和小說中的飯沼勳一樣，要以生命去追求一個絕對的、純粹的精神目標，所以產生了強大、無法抑扼的衝動走向死亡。

整部《豐饒之海》中，飯沼勳的定位最高，他代表了三島由紀夫自身的夢想，在肉體的顛峰狀況中，撐起了一個輝煌的、像樣的切腹而死戲劇性儀式。

然而在現實生命上，三島由紀夫不是十八歲，他已經四十五歲了，他為了實踐那樣的戲劇性儀式，在生命中的最後幾年，努力維持那美學式的肉體。今天熱衷於上健身房鍛鍊身體的人，絕對無法理解三島由紀夫的動機。不能說他完全沒有炫耀堅實肌肉的動機，但他的終極炫耀是和死亡儀式緊密連結在一起，要在那個切腹的戲劇性場景中，確保肉體不會垮掉，不會讓自己失望。

寫完《天人五衰》，他連一天都沒有等，立即將計畫付諸實現，清楚看出來他意識到自己不能再拖下去的急躁，繼續多撐一點時間，肉體可能就經不起如此華美絢麗的死亡表演了。

這是他作為一個人的死亡概念與死亡意志。但如果只有這樣一份自我認同，三島由紀夫應該在寫完《奔馬》之後，留下了這份明白的遺書，就去切腹自殺才對，讓自己的行為和小說中的飯沼勳直接對應。

然而事實是，到了《奔馬》的結尾處，另外一個因素侵入了，影響三島由紀夫作為人的死亡意志表白。作為人，他希望自己和飯沼勲一樣相信純粹、投身於純粹，沒有任何猶豫、不需要任何讓步。然而身為小說家，如此傑出、稱職的小說家，他卻又知道什麼是現實，以及小說中將現實扭折只能到達什麼樣的限度，超過限度讀者就不會被小說說服，甚至無法被小說吸引了。

三島由紀夫的小說意識使得他不可能寫出只有純粹性幻夢的作品，在《奔馬》的後半部，不管如何不甘願，他都必須讓現實介入，讓飯沼勲的夢想撞上堅硬的現實之牆。他的女友和他的父親以愛之名致命地破壞了他心中的純粹性，他被迫終止原本想像中的華美絢麗追求。

從夢想的角度看，《奔馬》小說的最高潮不是出現在飯沼勲真實自殺那一刻，毋寧是他們這群自認的「志士」尚未被崛中尉背叛前，所設計出的攻擊計畫，也就是飯沼勲為自己架起的死亡舞台。舞台上有革命，有飛機在空中，雪片般的革命傳單從天而降，啟悟撿起傳單來讀的人們；他們分頭對銀行等具有象徵意義的場所攻擊、占領，然後在輝煌中贏來失敗，再進入同等輝煌的下一階段，如同《神風連史話》裡記載的那些人般地一一切腹走向死亡。

這是飯沼勲和同志們想像虛構出來的，等於是小說裡的雙重虛構，以小說的虛構去虛構出一份華美夢幻。然而想像、虛構到達最高峰就接著摔落進現實中，現實一步一步拆解、敗壞了他們搭建的舞台。

沒有崛中尉、沒有飛機。沒有了可以讓他們進攻的對象。最後整個行動消失不見了，他們都被捕了，也不會有輝煌的死亡。更進一步，現實又化身為鬼頭槙子精心打造的謊言，使得飯沼勳連在法庭上都無法伸張自己的純粹意念。他試圖保有自己的純粹性，在法庭上慷慨陳詞，又反諷地換來了免罪判決，讓他又死不了了。

《奔馬》結束之處，飯沼勳隻身去進行暗殺，然後在山頂上，太陽還沒升起前切腹了。就連想要有《神風連史話》中描述的那種朝日金光背景都得不到。而是刀刺進腹部時，在他眼前，實際上是在他腦中，太陽升起了，給了他最終的安慰。到這裡，三島由紀夫說完了自己作為人的終極看法：人應該要在最繁盛的狀態中，為自己布置一個華美的戲劇性場景燦爛地死去。

但小說不能只這樣寫，作為小說家他另有需要完成的。他要留下一部過去沒有人寫過，未來可能也不會有人寫得出來的傳世作品。只寫到《奔馬》不足以成就這樣的目的，他非得往下繼續寫不可。

他早已設想好了龐大的四部曲結構，光是小說的規模、量體，就讓人無法忽視。為了這最高的小說成就，他可以捱著，拖著隨時在衰敗的肉體，靠意志撐持自己的創作。所以說這是「雙重遺書」，作為人的部分與作為小說家的部分，集合在這部作品中同時畫下句點。

自命非凡的本多透

本著小說作者的身分，三島由紀夫繼續寫《曉寺》和《天人五衰》。他不能不面對應然的生命，生與死的理想，被現實汙染的情況。在這兩部小說中寫輪迴的下坡墮落。

在《天人五衰》第二十七章中有一段久松慶子和阿透之間的對話。依循往例，這是用來解說、評論前面內容的。久松慶子將整個輪迴的故事告訴此時已經改名為「本多透」的阿透，然後尖銳地說：「說到底，你自以為與眾不同，但實際上你是這樣爬出來的。」

第一世的松枝清顯被愛情俘虜了，第二世飯沼勳被使命俘虜，第三世月光公主被肉體慾望俘虜，到第四世的阿透呢？被毫無根據的自以為是、自以為與眾不同的感覺俘虜了。

依照久松慶子的評論解說，第一部《春雪》寫的是淒美的愛情故事，愛情超越了人的意志，帶來了死亡。然後第二部中輪迴故事往上升，寫了生命追求純粹性的使命，使命超越了存活下去的理由，朝向死亡。

但到第三部輪迴故事轉而向下，肉體的慾望攫抓、控制了生活，籠罩了人的存在。到第四部更是每況愈下，到了不可思議的低點，變成了虛榮，而且是空洞沒有根據的虛榮主導著這一世的生命。

和阿透對偶的角色，是絹江。她不知道、無法明瞭自己的醜，真心相信自己是大美女，不斷抱怨作為美女必須經常被騷擾。她活在自己的幻想中，為了要躲避被騷擾而和人保持距離，因而得到了最大的滿足。

從外界的眼光看，絹江那麼醜，但這種看法完全影響不了她，她拒絕被用任何方式提醒自己長得並不美。在這種極端情況下，弔詭地，她長得美不美也就變得無關緊要了。她可以一直安然活在美的幻想中，和活在自以為與眾不同幻想裡的阿透成為一對。

兩個人都有扭曲的自豪。絹江以受到的可憐待遇自豪，因為她能夠將可憐都解釋為身為美女被騷擾的結果。阿透則是以深刻的惡的能力自豪。他深信自己能夠隨心所欲為惡卻不會被逮到，這證明了他比別人都聰明，讓他為之沾沾自喜，並且形成了他的尊嚴與力量的來源。

輪迴的往下墮落，也反映在第三世的月光公主在小說中不是主角、沒有構成情節的主體地位，而是以本多繁邦的慾望對象存在的安排。到了第四部，主體的空洞變質更嚴重了，阿透活在自己的想像中而失去了現實感。他對聰明的自豪有一種內在的邪惡——他覺得做好事、正常的事都用不到如此超絕的聰明，因而只有在惡之中才能實現、證明自己的聰明，於是他抱持著如此生命態度進行演練、示範。

其中重要的演練對象，是倒楣的未婚妻百子，他恣意、巧詐地操弄百子，顯示了沒有特別動機的絕對之惡。百子沒有任何地方對不起他，也沒有任何地方得罪他，他純粹為了證明自己的聰明而以最惡毒的手腕對付百子。

他的成就在於深信自己所行之惡，不會有人發現，不會帶來任何懲罰。他取得了作惡的自由，那同時是他自我認知中聰明的證據。他要藉由一封信就徹底瓦解百子，甚至整垮了百子他們家原有的欲求、計畫。

但有一件事出乎他意外。他將這封百子親筆寫的信交給養父本多繁邦看，要讓父親誤以為百子和她家人在陰險算計，對阿透沒有任何真情，但本多繁邦的反應卻是直接對阿透說：「這是你叫她寫的吧！」竟然被看破了，逼著阿透不得不察覺自己或許並沒有那麼超越、那麼了不起。他恨養父如此拆穿他，於是假手久松慶子去打擊、折磨本多繁邦，不料卻又引來了慶子一針見血給他的那句評論。

第四世輪迴

久松慶子不只看穿了阿透，而且點破了他的自以為是。他自以為是認定本多繁邦是個聰明、狡猾的老人，狡猾到一眼就看得出來誰與眾不同，才會選上自己當養子。連如此聰明、狡猾，如此有眼光的人，他都可以戲弄，剛開始裝作很乖，讓本多繁邦相信他。

不過他逐漸發現事情不完全像自己所想的。他以為不會有人看得出來的惡意設計安排，被本多繁邦輕描淡寫戳破了。然後久松慶子進一步將整件事對他和盤托出，告訴他本多繁邦選他當養子的理由。絕對不是因為阿透與眾不同，不過就是本多繁邦認定他是輪迴轉世而來的人。換句話說，本多繁邦根本不在意當下現實的安永透是什麼樣的人，他看到的、看重的是阿透自己都不知道的前世身分。

久松慶子還讓阿透知道，在收他當養子之前，本多繁邦甚至沒有確切弄清楚阿透到底是或不是那個轉世之人。應該說，收他當養子的主要動機，就是要測驗看看阿透是否真的是那個靈魂一路轉世而來的。

依照前面的例子，每一世都在二十歲之前就被一股巨大的力量籠罩控制而失去了活下去的意志。因而最簡單的方法是就近觀察這個人，如果他身上顯現出這份到二十歲會讓他去死的力量，就證明了他是輪迴轉世的；如果他沒有掉入那樣的掙扎中，到二十歲還活得好好的，便倒過來證明了他不是。

本多繁邦的用意，有一份方便，也有一份陰狠。安永透此時十六歲，將他找來當養子，頂多再過四年就見分曉了，他有條件可以體驗這輪迴的第四世。要不然就在四年之後宣判這個人是冒牌貨，終止這段關係。

久松慶子將這件事告訴了阿透，等於是給了如此自以為不凡的阿透致命的打擊，引發了阿透自殺的衝動，自殺未遂卻失去了視力。

《天人五衰》小說的開場是船上安永透在看守站中負責從望遠鏡中盯視著大海尋找其他船舶的蹤影。三島由紀夫在這裡寫了一個比喻：大海處於一種時間被取消的狀態，而安永透的工作是藉由發現船隻將時間帶進來。他從望遠鏡裡看出船從遠方慢慢一點一點變化，於是不變的大海有了變化，也才有了時間，是從安永透的眼睛中創造出了時間性。

阿透雙目失明，依照這個比喻，他就失去了發現時間、創造時間的特殊能力，也無法再承擔這個特殊角色。還有，絹江第一次登場時，透過阿透的眼睛，知道了這是一個醜女，但她卻堅持自我欺瞞認定自己是美女；阿透沒有了眼睛，失去了否定絹江自我認知的依據，於是他接受了絹江是美女，發展了兩個人之間更親密的關係。

生命的衰敗

久松慶子明白地告知阿透：前面的每一個轉世者都有特殊的、堂皇的熱情，為了那份熱情而死去。但她看不出來阿透身上有類似的性質。她懷疑阿透根本是冒牌貨，並且直接說：「你要知道，你不可能一直冒牌下去，因為前面的轉世都經歷了終極的考驗：如果過了二十歲你還活著，你的冒牌身分就暴露出來了。」

這是巨大的侮辱，同時種下了巨大的恐慌。阿透有理由害怕自己不是真正的轉世者，因為本多繁邦都沒有在他身上真正找到和松枝清顯等前世清楚連結的地方。本多繁邦看到的，只有那三顆痣，可是在個性與行事上，安永透既不像松枝清顯，也不像飯沼勳，反而比較像本多繁邦。

這也是輪迴故事每況愈下的一部分。在此之前，本多繁邦都在轉世者身分上看到了和他自己最不一樣，也是他的思想、人格中最缺乏的部分——廣義的他的對立面。就連月光公主畢竟也是他的慾望對象，形式上明明白白站在另外一邊。

然而到了第四世找到的這個人，沒有了這種生命差距，相反地，安永透讓本多繁邦感覺如此像他自己。

由此展開一個過去三部中沒有好好探索的主題——松枝清顯他們幾個人，和本多繁邦有什麼根本的不同？最簡單、最基本的事實：他們是複數，本多一直只有一個。說得更明白些，他們都死了，本多繁邦卻一直活著，因而他們身上呈現了只有死才能得到的答案。死亡才能夠知道有什麼比生命重要，有什麼會讓人願意以繼續活下去為代價去換取。松枝清顯有他的愛情，飯沼勳有他的使命，月光公主有她的慾望，而本多繁邦呢？他就是沒有這樣的強烈情感，所以一路活下來。

一直活著，因而也就老了。死亡有一個好處——斷絕了生也就斷絕了老。在《天人五衰》中，從書名開始，三島由紀夫要表達一個非常單純，單純到近乎幼稚的觀念，但對他如此重要，必須慎重其事地在小說中表達出來——生和老是同一回事，是無法區分的。

自以為理所當然選擇生、選擇活著，其實是選擇老。活到這樣的年紀，本多繁邦變成了一個悲哀的鬧劇，他始終沒有遇到更大的力量讓他獻上生命，於是他持續老去，到了必須承受老的種種後果的階段。第四部寫的就是連佛教中最高級存在的「天人」都躲不掉的種種衰老性質。

本多繁邦找到了有可能是冒牌貨，看起來愈來愈不像、愈來愈不稱頭的安永透，就是因為他老了。他失去了過去被另外那個生命衝擊而產生的感動反應。一直到一九六八年，當三島由紀夫已經寫完《奔馬》在準備第三部《曉寺》時，都還沒有《天人五衰》這個書名，出現這個書名，顯然反映了作者本身面對老去的悚然之感。

《天人五衰》是四部當中篇幅最短的，而且比自己原訂的計畫提早了一年完成。為什麼急著完成？因為「五衰」的現象不是只出現在小說裡本多繁邦身上，也出現在三島由紀夫強烈自覺中了。

豐饒之海的幻象

對比前面三部，《天人五衰》的文字與敘述少了耐心鋪陳。三島由紀夫作為一位小說家，他經常在作品中表現對於景物的高度著迷，會用文字繁複地為小說人物與情節搭設舞台。

看一下《曉寺》開頭的描述，充滿了交織的感官訊息，形成一片華麗到近乎無法逼視，刺激讀者不斷擴大想像能力的圖像。第四部《天人五衰》開場的海景仍然帶有這樣的繁複特質，然而繼續讀下去卻不得不察覺作者的耐心快速流失了，尤其在記錄呈現人與人互動交流上，寫得愈來愈直白，失去了經營精巧隱喻的空間。相應地，這部作品的標題也就大白話地顯示出「天人五衰」。

小說開始沒多久，第八章中直接引用了佛經的文字，解說了什麼是「小五衰」、什麼是「大五衰」。

「天人」原本身上自備樂器，有著美好的聲音，老了的時候失去了美好的聲音，接著本來總是光亮的皮膚變得會沾上水珠了，不像荷葉不沾水可以隨時將水珠抖掉。他超越距離、得以無視距離隔絕的能力也消失了，他的四肢變得軟弱無力。這是「小五衰」現象。

還有「大五衰」。衣服充滿汙垢，頭上的花枯萎掉落，腋下流汗，周身發出臭味，最後不喜、不得安居本座。連提供安定的位子都坐不住了，在這理想空間中不再有屬於他的地位。

三島由紀夫以「天人五衰」來表現他對老去的態度，不只是恐懼，更充滿了睥睨與輕蔑。所以當然對於描寫年老沒有耐心。《春雪》、《奔馬》和《曉寺》都是漂亮的隱喻，《春雪》是矛盾統一的季節流變象徵，《奔馬》帶著高度動能與無法停下來的意象，《曉寺》是自然與人文之美交映的現象，每一個詞都準確地呼應了小說中的主題內容與特殊筆法。

但《天人五衰》呢？沒有隱喻、沒有象徵，也就沒有任何美化、豐富年老的可能性。

如此分析、理解，也就將我們帶回這四部曲的總書名。我們必須明瞭，《豐饒之海》不是形容詞和名詞，而是一個專有名詞，一個奇特的地名。這個我們今天大部分的人不會一眼辨識出的地理名詞，清楚反映了三島由紀夫寫作的那個時代。那是全世界屏息目睹人類第一次登陸月球，留下最深刻印象的時代。

美國太空人登陸月球的位置，叫做「寧靜海」。在那個大家對月球產生如此高度興趣的時代，連帶有了關於月球地理的常識，而「豐饒之海」和「寧靜海」一樣，都是用來指稱我們從地球上觀察到月球陰影部位的專有名詞。

抬頭看月亮，在反射的光中，很容易看到有不同形狀的陰影，中國的想像在陰影中看到了玉兔、吳剛或貂蟬，西方人則看到了和地球對應的陸地與海洋。「豐饒之海」是一塊大陰影，當三島由紀夫如此命名自己的小說時，這並不是一個冷僻的典故，很多人都知道其來歷。

月球上的「海」根本不是海，更不可能「豐饒」，那只是一無所有的一片窪地。從這個總書名的意涵上看，第四部《天人五衰》的內容確實應和了三島由紀夫的理念。如同月球上的「豐饒之海」一樣，這一切如幻還假，追究到最後都是假的。在表面的「豐饒」名稱之下，反諷地，會是、只能是一個荒敗、淪落的幻滅故事。

第七章
青春、情慾與輪迴

《午後曳航》的情慾場景

《豐饒之海》寫成於人類剛剛完成登月壯舉的時代，科學一方面將人帶到月球上，另一方面也徹底打破了各個文明對於月亮曾經有過的種種想像。夜晚掛在天空上最醒目的月亮曾經引發過多少想像，然而所有的想像都被證實是錯誤的。

在西方的想像中占有極大分量的，是關於月球上的海洋。月球因為沒有大氣層，不會有空氣中摩擦燃燒的現象，所以經常有大塊隕石落在表面，撞擊出眾多坑洞。這些坑洞過去形成了觀察月亮時所看到的諸多陰影，西方文化中很早就依照自身探索地球的海洋經驗，對比認定那應該就是月球上的海洋造成的視覺現象。

月球像地球一樣有陸地有海洋，而對於火星的觀察則注意到有一些類似運河的線條，這是為什麼西方對於外星人的想像，會聚焦優先想像他們來自火星的主要理由。人類觀測星空因而得到了很大的樂趣與安慰。

所以英文中指涉月球上地點就有了「寧靜海」（The Sea of Tranquility），月球上連空氣都沒有，音波無法傳遞，整個星球是一塊巨大的、終極寧靜的石頭。另外有「豐饒之海」，那就變成了強烈反諷了，連一滴水都沒有的星球上，要如何「豐饒」呢？

三島由紀夫刻意取其反諷之意，對照月球上的海與地球上我們一般印象中的海。書名《豐饒之海》的「豐饒」二字不能單純讀為形容詞，還有根柢上「豐饒之海」連在一起作為專有名詞的意義。

海洋經常在三島由紀夫的作品中出現，特別值得拿來和《豐饒之海》意義連結、對讀的，是他一九六三年完成的《午後曳航》。這部小說曾被美國好萊塢改編為電影，電影的氣氛色情詭譎，當年看完留下深刻印象，驚訝有人會用這種方式來看待生命。

海洋是《午後曳航》小說的主題與核心象徵。這是一部篇幅不長的小說，描述一位住在港邊因而很自然地對大海好奇、熱愛航行的男孩阿登，在成長過程中遭遇的焦慮與痛苦。

共同的青少年成長經驗是原本從大人那裡接受的世界秩序被打破了，童年結束意味著不再相信這些既有的答案，叛逆地質疑、反抗固定秩序，世界碎裂開來，必須自己想辦法再一塊一塊重新拼起來。

阿登的父親早死，母親還年輕，二十歲就生下他，此時也才三十二歲。他在家中發現了一個可以偷看到媽媽房間的地方，看見媽媽帶了擔任二副的船員冢崎回家，目睹：

> 模糊的燈光從側面照到冢崎的胸膛上，他的胸毛隨著沉重的呼吸上下起伏，狂亂的眼光注視著母親脫衣的動作，月光從背後照映在冢崎那筋肉怒張的肩膀上抹上一道金色稜線，連粗大的脖子上浮起的頸動脈也被染成金黃色，乍看之下彷彿擁有一身精質的肉體，又似月光與汗水製成的黃金體。
>
> 母親脫衣的動作十分緩慢，或許故意如此。突然一陣淒厲的汽笛聲劃空而來，震撼了整個原本幽暗寂靜的房間，那是巨大、狂野、充滿了悲哀的海洋在咆哮著，如同金貝般華麗幽暗，包含了海潮所有的喜怒哀樂，是千百次航行的記憶，滿載了喜悅和悲哀的咆哮聲，那種感覺彷彿是從遙遠的海岸或是海洋的深處送來了一份充滿甜蜜氣氛的憧憬。夜的狂熱隨著汽笛聲侵入了房間。

二副猛然轉頭，眼光拋向無垠之海洋。

情慾與汽笛

他目睹了母親和男人的性愛。然而帶給他最大刺激的，是那個男人的雄性身體，以及汽笛聲所代表的海洋魅惑。

這一瞬間彷彿奇蹟出現，以往深藏在內心的疑惑，終於完整而毫無保留展現在阿登眼前。

汽笛未響之前就像一幅未完成的圖畫，萬事俱備，一切都朝著偉大的瞬間進行。但就是缺乏一種力量，所以無法將這一堆材料變成一座美麗的宮殿，而一聲汽笛便是那決定性的一筆，使這幅畫變得完美無缺。

在此之前，月亮、海上、熱風、汗，香水、成熟男女裸露的肉體、航海的機械、對世界各港口的記憶痕跡，令他面對這些情景喘息的小洞、少年堅毅的精華，一連串的東西，這些東西確實聚集在一起，但只不過像是一堆散亂的紙牌，不代表任何意義。藉著像是獲得了一股來自宇宙的力量，使散亂的紙牌得以連貫，把他與母親、母親與男人、男人與海、海與他，連繫在一起，形成一個無法動彈的環節。

阿登感到呼吸困難，汗水涔涔，精神恍惚，幾近昏厥。他覺得出現在眼前的一連串鏡頭，可能是十三歲的自己憑空創造出來的虛像，是不容破壞的神聖圖畫。

然後，他的內心吶喊著：「不能破壞它，如果被破壞的話，世界也會面臨毀滅，為了維護它，我什麼惡都能做得出來！」

於是這一幕偷窺帶給他的不是trauma傷痕，反而是激昂的啟蒙，讓他確切離開了童年，開展他的青少年成長之旅。那幅幫助他跨越成長門檻的圖畫中有兩個具體的形象。一個是那男人充滿陽剛雄性表現的身體，另一個則是海洋。阿登在這個男人身上投射了對於男色以及對於海洋的羨慕、崇拜，但同時這個男人和他母親做愛，又取代了父親的角色，於是他的眼光無可避免帶上一份亂倫的情慾意味，他既愛上了母親的情人，又似乎將自己投射在這男人身上渴望與母親交合。

極度複雜，有著濃厚精神分析氣氛的情感關係中，還增添了海洋的因素。那個男人同時是海洋的代表，海洋透過輪船汽笛為他的情慾發出尖銳的聲響，於是等於母親被海洋包納進去，與海洋合一。

小說到後面，換成從這個男人冢崎龍二的角度來書寫。被小男孩阿登看作是海洋化身的冢崎龍二自己如何看待海洋呢？

冢崎龍二的父親是東京的區公所職員，他的媽媽早死，他和妹妹兩個人由父親一手帶大，他的學費完全靠瘦弱的父親拚命加班賺來，雖然家境清寒，仍然把他養得壯壯的。

在第二次世界大戰的一次空襲當中，他們家被燒毀，妹妹也在戰爭的末期死於傷寒，戰後，龍二從海事學校畢業，還來不及賺錢養家，父親也死於一場疾病。因此，龍二對陸地生活的記憶只有貧困、疾病、死亡，以及轟炸後的一片荒涼景像，從此他就遠離陸地。

他接近海洋是為了避開荒涼的陸地，海洋讓他可以離開陸地所象徵的貧困與死亡，給他一份希望。然後他有一段話想跟阿登的媽媽說卻沒有說出口：

為什麼我心裡特別重視那種值得為它死、為它燃燒的愛呢？這種觀念完全是海洋所賜，對經年累月關在鐵造輪船裡的我們而言，日夜圍繞在身邊的海洋就是女人的化身。它風平浪靜時的柔情，暴風雨時的狂野，陰晴不定的變化，以及夕陽映照下那無可比擬之美，都太像女人了。而且明明順流前進，依然有阻力產生。雖然有著無窮盡的水量，卻不能解我們之渴。我們日夜處在這種容易聯想到女人的天然環境裡，而與真實的女人相距千里，顯然地，這種天然環境正是形成我這種觀念的原因。

海洋的比擬

關鍵在於：海洋是有性別的，海洋是女性。在冢崎龍二的心中，海洋是女人的替代，不能接近女人使得他深深被海洋吸引，卻又因為海洋而使得他無法真心親近女人。一直到遇見了阿登的母親房子，他又出海之後，回來做了新的決定。他覺得自己終於找到真實的女人，不需要再靠海洋來替代的真實經驗，所以他放棄了海洋，回到陸地上。

海洋和女人一樣豐富，女人也和海洋一樣難以捉摸，由溫柔和粗暴形成的神祕結合。然而在冢崎龍二的體驗中，一個迷魅如房子的女人，讓海洋顯露出其不真實，不像女人那樣具備自我，海洋呈現為女人的模仿、贗品。所以他選擇要和真實的女人在一起，離開那片對他不再那麼有吸引力的海洋。

但這樣的決定讓阿登震驚。阿登之所以崇拜冢崎龍二，之所以認為他和媽媽的結合是神聖的，誓言要以一切代價來保護，是因為他羨慕冢崎龍二和海洋的關係，龍二代替他和海洋發生那麼親密的關係。一旦冢崎龍二放棄了海洋、離開了海洋，就使得阿登失去了和海洋的神祕連結，同時冢崎龍二也就突然還原為一個男人，一個侵占了他媽媽的男人，而且是一個不值得的男人。冢崎龍二竟然放棄了海洋，就證明了他不值得、無價值。

如此而發展出小說中恐怖暴力的一段。海洋意象、海洋的意義是三島由紀夫在這部小說中創造驚人張力的主要元素，在裡面置放了各種關於海洋的想像與思考。海洋不只最溫柔又最狂暴，海洋是一切生命矛盾的叢聚之處。海洋打破了人間簡單的分類安排，陽性與陰性，應有的身分角色都混同在一起。

海洋象徵著人情義理出現前的原初狀態，和軍國主義的理念徹底相反。軍國主義要求每個人按照分配的角色位分盡到國民責任，畫出清楚的界線將每個人限制在其中，不准許任何角色的混淆。但大海沒有界線，不只是沒有空間上的界線，甚至沒有性質上的界線，如此奇特如此神祕。進而人會從對海洋的這份神祕認知投射感受到愛情的作用，愛的對象如同海洋，總是不可捉摸，總是具備無窮的矛盾統合。

溫柔與殘酷，狂暴與優雅，最高貴與最低賤，你會在所愛的對象身上找到所有的矛盾。一旦成為真愛的對象，原本具體存在那個人的一致性似乎就消失了。這是三島由紀夫的洞見，我們可以平靜、有把握地看待所有不愛的人，其實也就是透過角色來安排彼此的言行互動。然而一旦這個人變成了愛的對象，激發了強烈的愛意，原先穩定的期待突然就變質了。他的正常行為突然感覺上如此冷淡，變成了最殘酷的折磨。他的一笑突然如此難得，包納、展現了全世界的溫柔。他每一秒鐘的想法與做法，都成為謎，無可捉摸、無可理解。最小的細節被無限放大，最平常的事物被賦予最強烈的情緒，因為愛情，那對象就從正常的人化身成為怪物。

三島由紀夫一直在小說中探索，表面上看起來單純清楚的人，如此被愛或假裝的愛改變，變成了怪物。這怪物如何產生的，我們又如何去理解這個怪物？也就是探索最適合以海洋、只能以海洋來比擬的特殊存在。

《春雪》中關於海的場景

回到《豐饒之海》的第一部《春雪》，裡面有兩段重要情節，都發生在海邊。第三十二章中，松枝清顯和本多繁邦去到海邊，本多看著大海：

視線應該和水平線等高，奇怪的是，總覺得自己眼前便是大海的盡頭，也就是廣袤陸地的起點。

本多一隻手抓起一把乾燥的沙子，慢慢撒落在另一隻手掌上，沙子從手掌撒到地上，於是又下意識地抓起一把沙子，他的眼睛、他的心靈已經癡迷於大海。

大海就在這裡終結。這無邊無際的大海、這力大無比的大海，就要在自己的眼前終結。無論是時間還是空間，沒有比站在分界線上更感覺神祕的了。當自己彷佛置身於大海與陸地的如此雄壯的分界線上時，就覺得正體驗著從一個時代向另一個時代轉變的巨大的歷史瞬間。而本多和清顯生活的現代也無非只是一個退潮的灘頭、一個漲潮的灘頭、一個境界。

……大海就在自己的眼前終結。

本多繁邦體悟自己和清顯處在時代的交替之處，然而時代的變化是什麼？像是一個又一個波浪所構成的大海，海浪會有結束的地方。於是聯想：如果我們所處的時空是大海，那麼大海的盡頭是什麼？有沒有時代如浪接連變化最後終結的那片沙灘？

每一塊浪潮都起自看不見的盡頭處，經過了多麼長遠的動盪傳遞，卻畢竟在衝上沙灘後終歸消失於一瞬間，一個由全世界海洋所形成的雄大企圖隨而突然結束。然而，那是多麼恬靜而優雅的挫敗啊。餘波最後的嘩啦嘩啦之聲把混亂的感情收回了，然後與那鏡面般平滑的溼沙灘渾然成為一體。當餘波變成泡沫時，身體恐怕也頓居於海洋底下。

近岸的白浪大致有四到五成的波濤，總是同時昂揚，到達頂點又崩潰，然後融合退散，扮演著各自不同的角色。將碎去的波浪是橄欖色的，它起先看來像是蓄意搗亂的怒吼，可是漸漸的，怒吼變成哀嚎，最後又變成低泣，起先是奔騰的大白馬，然後變成小白馬，不久，強健的馬身已經消失，最後只看見翻踢的白色馬蹄留在那裡。

愈往遠洋，海色就亦增濃重，即使翻滾的波浪也被濃縮、被壓榨，到了濃綠色的水平線附近，無限被煮沸的青達到堅硬結晶體的程度。這種裝飾的距離與寬幅的結晶，正是海洋的本質。

海洋其實不是我們所看到的，波浪和豐富的變化只是表象。海洋的本質是什麼？其實是呈現在遠方如結晶一般的不動塊狀。

稀微的亂波盡頭所凝聚的青澀凝結力，就是海的本來面貌。

想到這裡，本多繁邦覺得累了，轉移眼光，看向已經睡著的松枝清顯，看見了細白美麗柔軟的軀體和紅色的短褲形成了鮮明對比。然後在此出現了貫串四部小說的重要連結：本多繁邦發現松枝清顯身上的三顆小小黑痣，在左乳下方，平常不會露出來的部位。

這三顆後來成為輪迴重要證據的黑痣，隨著關於海洋的浮思臆想首度出現。

《豐饒之海》有著明確的主題——時間及其作用。然而在要寫一部「反小說」的野心中，三島由紀夫也要突破日本文學「物之哀」的傳統，海洋是他的重要象徵工具。不斷變化的時間是真實的嗎？還是那幽微之處不變的固定結晶才是本體、本質？和輪迴搭配在一起，那麼松枝清顯、飯沼勳、月光公主他們一世一世，就像海洋的一波一波浪濤，每一世又對應了一個更龐大的時代變化現象，然而在這所有浪頭後面還有什麼嗎？

海洋和性愛

《春雪》中和海洋有關的另一段，是松枝清顯和綾倉聰子的偷情幽會，兩個人第一次發生關係，就在海邊。

第三十四章中，三島由紀夫將海岸、海洋和性愛關係密切地纏結在一起，那樣的激情描述明顯是從《午後曳航》中脫化出來的。那是夜裡，他們躲在漁船旁邊，由漁船的陰影遮蔽著既激動又害怕地摸索彼此的肉體：

他們一鼓作氣徑直抵達深海般的愉悅。聰子一心想把自己融化在黑暗裡，但當她一想到這黑暗不過是漁船的陰影時，不由得感到害怕。這並非堅固的建築物或者山岩的陰影，而是大概即將出海的漁船的短暫陰影。船在陸地上是不現實的，這確確切切的陰影也類似虛幻。她忐忑不安，深怕這艘已經相當陳舊的大漁船馬上就會無聲無息地滑出沙灘駛進海裡。如果要追逐它的陰影，如果想永遠藏在它的陰影裡，自己就必須變成大海。於是，聰子在沉重的滿足中變成了大海。

兩人肉體結合時，聽子覺得自己變成了海洋。然而這是一個複雜的隱喻，聽子靠著漁船陰影的掩護，才敢於將自己獻身給清顯和他們的禁忌愛情，然而漁船應該屬於海洋，不應該在陸地上，引發她想像自己所依恃得到安全感的漁船隨時可能出航，回歸它所屬的海洋，她必須追逐那陰影，除了隨著陰影進入海洋，別無其他方法，於是在想像與肉體刺激的交織下，她成了一片海洋，釋放了自己的慾望。

海洋帶有高度的禁忌誘惑。激情過後，穿上了衣服：

清顯坐在那個漁船的船舷上，他搖擺著兩腿說：「如果我們是被眾人允許的一對，恐怕就不會那麼大膽。」

「真過分，你是不是正因為如此才這麼大膽？」

聽子雖然說「真過分」，但她當然知道清顯說的是實話，她自己的感受和清顯是一樣的。

整部《豐饒之海》中明白的對比是松枝清顯代表的輪迴，和本多繁邦代表的線性時間，不過伏在底下還有綾倉聽子，她也沒有能進入一次又一次重回青春的循環時間，她和本多繁邦一樣留在會老去會衰敗的時間中。從《春雪》的結尾處一直到《天人五衰》的最後，聰子維持著影子般的存在，她出家躲進了不受外界影響的空間中，她還是會老去，卻又不像本多繁邦經歷了重重的時代變化，那是一種折衷的時間與歲月過程。

三島由紀夫如此描述聰子剃度出家的景象：

……聰子淨身後穿上黑僧衣，在大雄寶殿裡手持念珠，雙掌合十，住持尼用剃刀先剃了一刀，然後交給了一老，一老用熟練的動作接著剃削，這時住持尼念誦波若心經，二老也隨和念誦觀自在菩薩行深般若波羅蜜多時，照見五蘊皆空，度一切苦厄。

聰子也閉著眼睛念誦起來，她感到自己的肉體像一條船，船貨全被卸完，錨被收起。誦經之聲像豐饒的海浪，而她已隨風破浪而去。

出家時，在聰子的感受中，海洋再度出現，但此刻自己的肉體變成了一艘船，而且是貨被卸完了，錨要拉起來的空蕩蕩的船，大海的豐饒與她無關了，海洋只是將她帶出去，讓她遠離這個世界的一股力量而已。

和清顯在一起時，她在慾望之中化身為海洋，然而現在卻成了一艘空殼的船，一旦身體沒有了慾望，時間也就結束了。

無限的青春

三島由紀夫對這件事極其執著，近乎耽溺：人為何青春？為何年輕？該如何應對、利用青春？這對三島由紀夫來說是巨大的謎，他反反覆覆尋找探問，最能說服自己的答案是：青春是為了讓人感受慾望、放散慾望。人老去則慾望消退，沒有慾望的身體變成了古怪、彆扭的存在。

不過即使在青春時，人也不被允許得到完全的滿足。於是在三島由紀夫的作品中經常出現這樣的矛盾：明明具備可以享受慾望的身體，為什麼卻沒有得到滿足？青春的身體很快必然要失去，對三島由紀夫來說，最恐怖的人生現象是對青春的浪費。青春的身體有任何一刻沒有沉浸在慾望中，任何一刻身體與慾望分離，就是浪費，錯失好好利用這不會永遠存在的青春的機會。

這是一個尖銳而沉重的三島由紀夫論題，和我們一般的想法如此不同，因而在他的小說中帶來如此巨大的衝擊力量。

他在《愛的饑渴》中描寫了一個守寡的女人，守寡的狀態引發她的恐慌。她經常感覺：糟了，今天的青春身體竟然得不到任何享受，明天這個身體、這樣的享受就要徹底一去不回了。另外一個相關的感受是，痛惜自己的浪費虛耗，必然對別人的慾望滿足產生強烈嫉妒。

小說中的悅子被雙重的嫉妒煎熬著。年輕時丈夫常好幾天不回家，和別的女人在一起，後來丈夫染上傷寒幾經波折死了。丈夫活著時她的生命是虛空的，丈夫死了她的肉體仍然是浪擲的。她必須面對自己的嫉妒，這成了她存在上的執著課題，從這裡衍生出小說《愛的饑渴》標題以及其中種種故事。

從這個角度看《豐饒之海》，我們會看到的是三島由紀夫的豪奢，他寫了三段或四段（看你如何認定阿透的故事）的輪迴，也就是三段或四段重來的青春，青春的身體拒絕老去，在老去之前就喪亡，再重新以青春之姿回來，有三倍、四倍的時間、機會享受慾望、滿足慾望。

將《豐饒之海》寫成輪迴四部曲，其中一個動機可能就在這裡。一段生命再怎麼豐富，都絕對不可能達到不浪費，所以讓同一個生命再來第二次、第三次，開發不同方式試驗青春、盡力消耗青春，讓青春不虛耗。

前面說過，《奔馬》中清楚顯現了，革命起義不是為了得到什麼確定的結果，毋寧是為了得到可以提早結束生命的藉口，也就是可以拒絕老去的藉口，在青春終止之前給自己一個光輝的死亡。這是對青春最極端的依戀，讓松枝清顯一再輪迴轉世，才能夠使得青春不需要走到盡頭，可以一再回返，如此才能知道青春的極限在哪裡。

之前的作品，他帶著苦悶去探尋，受限於單一、個別的生命，困在有限的青春，找不到能說服自己如何不浪費的解決。終於到了《豐饒之海》，他抓住了輪迴形成了信念：要能不浪費青春，那就必須不只活一次年輕時期，而要在老去前就轉世，一次一次體驗純粹的、沒有被後來的老去老化汙染的青春，窮究青春的體驗。

一般人活一次的時間，本多繁邦的一生，松枝清顯可以活四次，那不是四倍，而是無限倍，完全不同性質，只有青春沒有老去的生命。

關於輪迴

「小五衰」中的一項是「天人」身上的光失去了。松枝清顯、飯沼勳是那樣自體有光的「天人」，轉世中化為月光公主，變得像月亮一樣，只能夠反射投到她身上的光了。那是一種冒牌贗品，看上去的光燦奪目實際上借來的。第三部的「曉寺」是人工人為的廟宇在破曉晨光中顯得如此超絕，得到了似乎不可能屬於人世間的美。月光公主的美，她的生命價值也是如此，不是從自己的生命本性由內而外煥發出來的，而是刺激了別人的感官慾望，將別人的慾望反射形成的。

本多繁邦、久松慶子他們這些人對於月光公主懷抱著濃厚肉慾，才使得月光公主帶有那麼強烈的感官之美，看起來類似自體有光的松枝清顯和飯沼勳，但那畢竟僅止於類似。

從「天人」的角度看，這已經進入「小五衰」了。月光公主像月亮，如此光亮如此之美，以至於使人看不出來她自身其實是黯淡的，她不具備美好的本性，她是所有人慾望的集合體。

沒有自體本性的月光公主，因而不能撐起和松枝清顯、飯沼勳一樣的主角分量。月光公主是被動的，而帶有主體能動性的，是本多繁邦。再往下到第四部，依照本多繁邦認定的輪迴運作規律，那麼安永透是假的，牽連出更關鍵的問題：到這時候還有輪迴嗎？輪迴到此是如何一回事？

所以這第四部脫離了輪迴的模式，要寫拆毀輪迴的悲觀故事。徹底的悲觀，意味著到了小說最後結尾處，甚至質疑自己過往寫的所有內容。不只是「有過三世或四世的輪迴嗎」，是連有過松枝清顯和聰子之間的那份可生可死愛情都變得可疑了。人對於自己的記憶，靠著回憶與偏見留下來的紀錄，能有什麼把握，值得如此鋪陳其意義嗎？那不會根本是一場自以為是、自己渲染出來的春夢？

或許這一切，我們追著看了四部曲的故事，不過來自本多繁邦的錯亂記憶？三島由紀夫真的要用這種方式，近乎兒戲地殘酷將自己費那麼大力氣，寫出沉重感受與知識分量的內容，一筆帶過都抹煞了？

當然不是。對於小說結束在本多繁邦和聰子的重逢對話，我的理解是為了否定終極的答案。本多繁邦還想到聰子那裡取得關於輪迴的證據，然而他最後的求真手段只能帶來最後的失望。他可以去查各種資料，弄清楚有沒有綾倉家、有沒有松枝家，有沒有一位年輕早死的松枝家青年，但這些都無從保證輪迴。輪迴外於這一切事實根據，也正因為輪迴在事實之外、之上運作，我們才會受到那樣的魅惑，試圖透過輪迴重新理解人生。

關於輪迴的小說，不能將輪迴點破、寫死。輪迴的價值在於作為曖昧的道理、反事實的現象而刺激人們去思考、體會生命，那麼關於輪迴的小說，同樣不能給答案，要在最後不是肯定本多繁邦要尋找的答案，而是徹底取消了肯定答案的可能性。

反小說的小說

開筆寫《豐饒之海》的時候，三島由紀夫就表示他要寫一部沒有人寫過的小說，因為這部小說是建立在「反小說」的意念上的。這樣的話在那個時候聽起來，很臭屁也很空洞，很難讓人認真看待，畢竟我們知道有多少眼高手低、喜歡說大話的寫作者都會建構一種說法，表示自己寫的作品如何與眾不同。

然而經歷了四部曲、超過百萬字的實踐之後，我們不得不佩服三島由紀夫的意志與能力。當他說「反小說」時，他確切知道自己在說什麼，而且他還真的具備有去實現「反小說」寫作的意念與技巧。

三島由紀夫對於「小說」，西歐近代興起、流行的 novels——比許多評論者或文學教授，理解得更深刻。他調查、研究過近代 novels 基本上都是模仿生物的成長作為小說理所當然的結構。從出生到成熟再到老去，這是生物的時間性根本，也成了 novels 長篇小說最自然的時間性安排方式。

西方現代小說起源處的一部經典，歌德的《威廉・邁斯特的學習年代》（*Wilhelm Meisters Lehrjahre*），那是眾所皆知的「成長小說」，然而福樓拜的《包法利夫人》，或杜斯妥也夫斯基的《卡拉馬助夫兄弟們》，或狄更斯寫的所有長篇小說，又何嘗不是「成長小說」？一個人、一個意念或一個事件在小說中出生了，然後在各種條件下成長變大，再發生了轉折變化，最終走向結局，結局也就是這個人、這個意念或這個事件的消失。

三島由紀夫認真找到跳開、甚至推翻西方長篇小說寫法，從根本的時間觀著手寫他的「反小說」。他不用線性的時間，而是改採循環的時間來組構「反小說」。所以他需要輪迴，那就是最典型也最堅決的循環時間表現。

不過這樣的小說創作野心，和他人生這個階段糾纏掙扎的死亡意志、死亡美學，是有矛盾的。如同在《曉寺》中顯現的：輪迴必然破壞了死亡的嚴肅性、絕對性，而那是死亡美學賴以存在的基礎。

印度為什麼會形成梁漱溟形容的「意欲反身向後要求」的文明？為什麼在恆河邊上本多繁邦看見死者被火化後就漂流在水上，和活人共用河水？因為對他們來說，死亡不是終結，而是生命進入輪迴、回到由恆河代表的永恆時間中。現實不重要，一切都會不斷重來，那重要的是現實背後的永恆，他們總在看超越現實，比現實恆定的不變。

輪迴信仰中，死亡變得如此平常，不值得大驚小怪，不過就像每天晚上人睡著了一樣，進入不同狀態，明天早上還是會醒來，只不過換了不同的意識身分而已。這當然不是切腹要顯現的死亡意義。

三島由紀夫在《豐饒之海》中遇到了兩難。他選擇輪迴來擺脫西方小說的時間架構，但他又不得不擺脫輪迴，才能夠表現自己的死亡美學，完成死前的終極生命思考。所以他既誇耀華麗地展現輪迴，另一方面卻又保留了對於輪迴的質疑。

輪迴的頹喪

他刻意凸顯輪迴有不同說法。我們習慣的「前世今生」簡單概念，這一世死了化為下一世，一世一世變化下去。小說也遵從這樣的簡單邏輯描寫，松枝清顯死了化身為飯沼勳，飯沼勳死了化身為月光公主，月光公主死了，是或不是化身為安永透。講這樣一個故事，說老實話，不需要複雜的「唯識論」，他卻從一開始就將「唯識論」編入小說敘述中，一部分作用在於創造出陌生感，不要讓讀者覺得輪迴很簡單，我們都知道、都有把握輪迴是怎麼一回事。

他讓讀者留有印象，關於輪迴有很多說不清楚的道理。然後他展現的輪迴過程是：第一次輪迴從松枝清顯的華美高貴，對照產生飯沼勳的熱情高貴。第二次輪迴，這樣的高貴性沒有著落了，變成一場慾望與偷窺的鬧劇。再到第三次輪迴，甚至連鬧劇都撐不起來了，看起來比較像是一個騙局。

一步一步墮落的狀態，輪迴的必然性被放入括號，在混亂中重新升起死亡意志的價值。三島由紀夫明顯地嘲弄自己小說中一直活著的本多繁邦，帶點惡意描述他那份要活下去的意志。本多繁邦告訴自己：必須繼續活下去，才能看到下一回的輪迴。然而這個理由愈來愈薄弱，甚至愈來愈荒唐，他見證、他經歷的輪迴變成了自我慾望的投射對象，再變成自己去強行揑造出來的對象，輪迴只是他要活下去的藉口罷了。

到第三世時，輪迴生命的真實性就被質疑了。月光公主就已經被本多繁邦工具化了。本多繁邦太理性了，無法處理自身的非理性成分，於是將非理性投射在偷窺上，月光公主是他主要偷窺的對象。到第四世，那就乾脆根本是本多繁邦自我意志操控，找到了和他自己很像的安永透，中間有許多算計，為的是希望藉由安永透再次說服自己：人世間不是那麼理性，的確有輪迴這樣的非理性決定性力量。

他寄望阿透可以像松枝清顯或飯沼勳一樣對抗活著的理性。然而阿透卻變成不死不活的奇怪現象。寫到阿透進入本多繁邦家中，和濱中百子交往的這一段，我們讀出了三島由紀夫的不耐煩。他凝視著自己創造出來的本多繁邦，要用他和阿透的不堪行為解決輪迴的淪喪，重新將死亡帶回來，重建死亡意志的尊嚴。

他要呈現如此清楚的對比：有一種像模像樣、認真看待死亡的人，死得燦爛有光。另外有一種苟活的人，讓自己愈活愈黯淡、愈活愈無趣。對照如此強烈，當然反映了三島由紀夫此時的心情，他不願作那樣苟活的人，所以比預定提早了許多將《天人五衰》寫完，確定了自主選擇死亡的意義，確定了好好去死這件事比單純活著有價值得多。

對死亡的熱情

三島由紀夫寫了這樣一份「雙重遺書」。不過閱讀《豐饒之海》卻不太會刺激人們接受他的想法，而有想要終結生命、追求死亡的衝動。

因為他將死亡寫得如此艱難。不是死亡本身，而是對的死亡形式，乃至於對的死亡理由。死亡不應該是一件憂鬱、黯淡，只是為了逃離生之痛苦的手段，必須具備對於死亡的強烈熱情，才能感應三島由紀夫式的死亡。而且他不只是用抽象概念來表現，他寫了極其生動有著諸多複雜情節的小說；不只是用書寫來表現，他還用自己的行動去實現那樣的意志，意圖示範那份意志的高超價值。

這不是能夠模仿的，他幾乎是刻意阻止讀者產生模仿的衝動。作為「雙重遺書」，《豐饒之海》讀來卻絕對不是會讓人讀得產生厭世之感的作品。這是了不起的成就，作者在小說中展現了死的絕對性、死的尊嚴，卻沒有減損生的意義與價值，沒有要影響讀者厭惡自己的存在。

《豐饒之海》沒有創造自殺潮，沒有聽說什麼人是讀了《豐饒之海》後厭世自殺的。雖然三島由紀夫顯然不會喜歡這樣的對照，但最強烈的對照畢竟還是和太宰治及《人間失格》之間，《人間失格》前後幾次在日本形成閱讀風潮，幾乎都伴隨著濃厚的集體厭世氣氛。太宰治的作品確實會讓人在那陰暗、窒息的文本中，感覺到活不下去，或不想活下去。

兩者的根本差距在哪裡？三島由紀夫的小說讓人覺得死亡如此艱難，不是技術上的艱難，而是追求、建立死亡尊嚴是何等嚴肅、莊重的事，需要許多主客觀的配合。太宰治的小說卻表現了：人要去死真是容易，如果活得不痛快、不耐煩，為什麼不就去死了呢？

三島由紀夫要問太宰治不會問的問題：「你有資格去死嗎？」甚至在三島由紀夫的標準下，太宰治沒有資格得到像樣的死亡、有意義的死亡，他如此輕視死亡，竟然選擇投河自殺！三島由紀夫對承載生命的肉體有很嚴苛且複雜的要求，死是絕對的，為了要讓肉體的模樣被保存不再老化、不再敗壞而去死。如果死那麼容易，與肉體之美，與人為了自我肉體與時間對抗的意志無關，那麼死也就沒有意義了。

因而三島由紀夫的死亡遺書，變成了奇特的勵志文學，鼓勵人必須堅忍活下去，要活得像櫻花燦爛綻放，在那麼美的情境中，你才有資格堂皇地死去。

他還要問對一般人來說很奇怪的問題：「人活著能有什麼配得上死亡的質地嗎？」松枝清顯的愛情定義了他生命的一切，愛情之花譁然綻放，於是他得到了足以配襯死亡的力量。連已經決定嫁給王子殿下的女人他都敢讓她懷孕，如此強烈的愛情衝動，給了生命足夠的光燦輝煌，在那樣的狀態下去死，是對的。

飯沼勳有完全脫離現實的純粹夢幻追求，提供了可以對得起死亡的質素。進而三島由紀夫自己的死，也冀圖反映、證明這一點，將自己一輩子的生死主張付諸實踐。

馬勒和川端康成

三島由紀夫從死亡那一面，讓我們體會了什麼是生之條件。如果活不到那樣的高度，找不到那樣的意義，那就不只是賴活著，甚至也沒有資格選擇死亡，只能被動、卑微地等死亡找上來。一個人在死亡之前，總該先要有光，要先成為一個「天人」，然後面對「小五衰」、「大五衰」。連「天人」都抵擋不住的衰敗，發生在一般人身上，何其不堪啊！

「天人」的境界是：自己身上有聲音、有光亮，有可以飛翔的超越空間，有一個能夠清楚占據的天上位置。這樣的「天人」才經得起「五衰」的侵蝕，在原本光燦的存在狀態中，將時間暫時停住。

這方面，三島由紀夫和川端康成又形成了另一組對照。川端康成小時就成了「參加葬禮的名人」，接連參加了父親、母親、姊姊、祖母等人的葬禮，到十五歲時，僅存的最後一個親人，祖父也死了。這是一個被迫與死亡親密相處的人，因而川端康成帶有非常強烈的「孤兒意識」。「孤兒意識」不只是感覺在世上孤零零地活著，而且必然帶來恐慌的意念：為什麼獨有我留著？這些人都死了，我可能會成為例外活下去？

對這樣一個「參加葬禮的名人」，他絕對不可能將活下去視為理所當然。和川端康成一樣，作曲家馬勒也有著豐富的葬禮經驗，使得他的音樂中不斷在探索死亡、表現死亡。馬勒不只是小時候遭遇很多長輩去世，他一生中不同階段大致分配平均，持續都有親人去世，到晚年連子女都有的比他早死。他必須面對死亡，尋找慰藉，盡量平撫對於死亡的恐懼。

對馬勒來說，音樂最重要的就是活著的生命的象徵。所以他總是想辦法要將所有的樂思內容塞進到作品裡，不理會正常結構中到底本來能負荷多少。音樂象徵生命，所以希望音樂可以一直無限延長下去，而他也的確高妙地找出了種種有效延長音樂的手法。單純從樂理上看，馬勒交響曲中大部分樂章，平均至少有十個地方可以結束，甚至應該結束。但他會捨不得、不敢讓音樂結束，那是他的迷信，好像只要音樂繼續流淌，生命就能相應不停止，將死亡阻擋出去。所以他的音樂每一次的結束都是不甘不願的，到實在沒辦法之處，才終於收場。

他用音樂描述生命。植物的生命、動物的生命，然後第三樂章描述人的生命。但還要進展到天使的聲音，再來是上帝的聲音，將人包在中間，讓人活著不會那麼孤單。人的生命結束後，還有天使、有上帝在綿衍著，以此來安慰自己不用害怕。

川端康成也活在恆常的死亡陰影中，但和馬勒相反，他不斷從死的那一岸或即將從生到死的離岸想像來看待生命。他的小說中潛藏著一份未言明的假設：如果這就是離世前的片刻，或這是你死亡後孟婆湯發揮作用前僅有的一點時間回看自己的一生，格外敏感的情境中你會看到什麼、會感受什麼？不是去延長時間，反而壓縮時間、濃縮經驗中的時間。

川端康成擅長寫瞬間、片刻，或許就是因為他將每一個小說中的剎那都寫得像是死亡中對於生命的終極回望，讓瞬間、片刻變得如此飽滿。而他的飽滿不是像三島由紀夫那樣的感官性，而是以暗示表現的。如同「唯識論」中鋪陳想像的一段一段切片，每個切片自成一個宇宙，前面沒有時間、後面也沒有時間。川端康成藉由小說將一片人生切下來，孤立起來，懸掛在那裡。

以馬勒和川端康成為對照，我們或許可以更清楚體認三島由紀夫面對死亡的高度感官性，沒有那麼強烈的恐懼，也沒有那樣的一份惶惑或空荒。

如何看待老去

作為生命中的最後一部作品，《天人五衰》有一項逆反的特殊性質，我們竟然很難從這部小說中讀出一個已經選擇要結束生命的人的情緒。雖然他比預定的提前寫完了作品，篇幅小於前面的幾部，或許他簡省了一些本來打算寫進去的內容，不過我們不會在閱讀中得到倉促之感。比起川端康成的《美麗與哀愁》或《古都》的草草結束，《天人五衰》是堂皇、冷靜地鋪陳了完整的收尾。

這位作者和我們一般想像會自殺的人很不一樣。他身上沒有憂鬱症的跡象，他還能按照進度寫作、修改，還能精神抖擻地正裝前往自衛隊基地。他也沒有任何狂暴的跡象，帶著武士刀進入基地營區，見到指揮官的過程，他始終保持冷靜，沒有讓接待的人起疑心。更明確的證據是他的小說，一個沉陷入憂鬱或狂暴狀態的人，絕對不可能寫得出、寫得完《天人五衰》的。

從《天人五衰》中反映出來的作者，不是一個厭世者，小說雖然描寫衰敗與毀滅，但文字與敘事中，明明還有著溫度，有熱有火。那氣氛不是陰暗晦澀，對這個世界沒有任何熱情的厭棄。

三島由紀夫一直寫到他要離開這個世界，他似乎仍然在心中擁抱這個世界，卻用自己的手將生命從這個世界拉開。他並不是因為對世界失去了熱情所以自殺，倒過來，他是出於對這個世界的特殊熱情所以選擇在老去之前去死，用一種他認定的輝煌儀式去死。

有助於我們理解他如何看待老去現象，除了《豐饒之海》中的本多繁邦之外，可以參考他二十八歲時完成的《禁色》。這部作品從一九五一年開始連載，期間曾經中斷了十個月，然後續完。

從連載到完成，三島由紀夫做了一件任性的事。十個月中斷之後，他恢復了《禁色》的寫作，卻發了一個聲明，表示有一個角色在前面死了，但她不能死，所以要改變這個情節，讓她活回來。顯然困擾他中斷了十個月的，就是這個情節，寫成卻後悔了，他寧可破壞讀者對小說的閱讀信任，一定要先回頭修改了，才有辦法繼續寫下去。

《禁色》的情節主線，是一位老作家的自殺，牽涉到複雜的同性與異性情慾，是三島由紀夫在《假面的告白》之後再次轟動日本文壇的作品，更明確地奠定了他的作家地位。

《禁色》帶有高度的非寫實性，小說中大量運用希臘神話，加上法國近代心理小說的寫法，嚴密操控高度緊張的敘事，去呈現內在情緒波動、掙扎。

《禁色》中的惡德美少年

老作家檜俊輔自我告白：他從小就是一個醜陋的人，很難體會肉體感官的情慾，但他同時鄙視精神，出於對精神的刻意反抗所以去創造出一種虛幻的唯美情境。那個唯美世界和他的現實有著再大不過的差距。在現實中，他承受了一個世俗眼中極度羞辱的打擊：他的妻子不只愛上別人離開了他，而且和那個情人一起殉情死了。

中年屈辱喪妻之後，檜俊輔遇到了美少年悠一。認識悠一之前，檜俊輔迷戀上一位少女，發現少女和男生一起去度假，追查之後才曉得少女已經在家中安排下訂婚了，悠一就是少女的未婚夫。然而在和少女獨處之後，悠一向檜俊輔痛苦告白：他只喜歡男人，無法愛上女人。

老作家給他的建議是：「你這麼俊美，一定會吸引很多女人，更好的是你不會愛上她們，於是你就具備有特殊的生命力道，可以藉由這樣的權力去享受生命。你不需要去向未婚妻承認自己不愛她，你應該和她結婚，然後運用這份特殊條件，去操控女人，去創造她們的痛苦不幸。我會幫助你。」

少年被這樣的惡德想法深深誘惑了。小說接著描述悠一游移在不同圈圈中去實踐他的惡德操控，而在悠一對女人的操控背後，另外還有檜俊輔對悠一的操控。

檜俊輔曾經被一位伯爵夫人勾引，掉進人家「仙人跳」的陷阱，因而飽受威脅恐嚇。為了報復，他將悠一介紹給伯爵夫人，然而沒想到竟是伯爵先愛上了俊美的悠一，原來伯爵愛好男色。有一天，伯爵夫人目睹了伯爵和悠一的情色關係，大受震撼因而自殺了。就是這段情節讓三島由紀夫後來反悔了，硬是在連載的後段改變了伯爵夫人自殺身亡的情節，讓她回到小說中扮演可怕的角色，以揭發悠一同性戀身分為威脅，破壞悠一和妻子、乃至和母親的關係。

原本死了的伯爵夫人，以悠一情婦的身分回來了，幫助他排除關於同性戀的耳語猜測，同時也試圖要操控他、利用他。

這是奇情小說，但不是為奇情而奇情，而是在文本中不斷閃爍種種暗示，提示奇情的生命情調來自一份匱乏，一份求而不得的遺憾。小說中看似最透明卻又被三島由紀夫寫得最難理解的，是檜俊輔這位老作家。而且隱隱然這個角色和多年之後三島由紀夫之死有著呼應關係。

青春與智慧總是不同步

《禁色》小說的第三十二章有很奇特的寫法，標題是「檜俊輔完成的《俊輔論》」。檜俊輔寫了一篇文章，抱持著給予自己「晚年定論」的動機，在文章中描述自己是一個什麼樣的人，寫出了什麼樣的文學。然而小說這一章的內容又不完全等同於《俊輔論》，中間夾著顯然不可能是檜俊輔自己寫的部分，將檜俊輔的自述與小說敘述者的聲音刻意混雜在一起。

從而產生了許多很有意思、充滿曖昧的文句。例如用這種方式提到了檜俊輔最大的難處與痛苦，不是他個人的問題，是每個人都要面對的。

造物者不懷好意，不使完整的精神和完美的青春肉體在相同的年齡中同時存在，而不成熟的笨拙精神總是住進富有青春氣息的肉體上。但是不必因而感慨萬千，青春本來就是與精神對立的概念，不管精神存活得如何長久，也不過是笨拙地描繪青春肉體的精妙輪廓。

人生最大的衝突在於：當我們能擁有青春肉體與感官感受之美好時，精神卻尚未完全發展，只能在缺乏精神力量的空洞中浪擲了原本可以在生命中享受的深度；等到精神成熟了，那豐美易感的肉體卻不再了，以至於只能用終於取得的智慧來記錄、甚至追懷逝去的青春。

不會有聰明的青春肉體，也不會有充滿感性的智慧，兩者在時間上宿命地交錯隔開。因而藝術要追求的，近乎不可能的目標：要在沙漏中的沙落下來的瞬間就讓它凝結不動，不會隨時間消失。以分不清究竟是檜俊輔還是三島由紀夫的語言來說，那是「行為」與「表現」、或「行為」與「記錄」如何合而為一的關鍵問題。當我們行為時，我們不知道如何表現、如何記錄，這中間有難以克服的時間差。

擁有青春肉體，卻總是以愚蠢的方式，沒有思考、缺乏精神的方式行為著；等到懂得想要將青春肉體轉化為某種永恆意義之美時，往往已經無法敏銳感受了。

第三十二章斬金截鐵地申說：單獨一個人無法兼任「行為」與「記述」二職，然後進入第三十三章「大團圓」。在這一章中，悠一走到街上目睹了一場火災，被人群奇特的激動攪擾了心情，於是他去看了一場本來不想看的電影，然後去找檜俊輔。

當年檜俊輔為了引誘他去享受那種惡德之樂，給了他五十萬元，現在悠一成功地引誘了一個更有錢的人，有能力可以將五十萬元還給老作家。他當了不速之客，未經預告闖進檜俊輔家中，當時檜俊輔正在寫作，很可能是在寫最後的作品《俊輔論》，而且在心中自言自語：

「再一點時間就接近完成的階段了，金剛不壞的青春塑像已臻完成，作品完成前那種興奮、波動和無來由的恐懼，我已經很久沒有體會到了，完成的瞬間，達到最高潮的瞬間，到底會出現什麼呢？」

這部作品給他帶來許久未曾感受的興奮期待，卻在此時悠一出現了，直闖進書房來。檜俊輔沒有表現出驚訝，拿來了白葡萄酒，一邊和悠一喝酒一邊說些悠一聽來莫名其妙、聽不懂的話。甚至讓悠一覺得：「這個老人到底在跟誰說話？是在跟我說嗎？」

論死亡之高潮

悠一感受到檜俊輔的奇特熱情，但那份熱情似乎針對旁邊另外一個看不見的、沒有形體的悠一，而不是具體、肉體性的現實悠一而發。檜俊輔說：

「秋葉在這裡，你在這裡，葡萄酒在這裡，這世界已無所欠缺。蘇格拉底曾經一邊聽著蟬聲，一邊在清晨的小河旁跟美少年Patroclus交談。蘇格拉底自問自答，又問又答，藉著詢問，以達到真理，這就是他所發明的寓言方法。但這種方法如果用在自然肉體的絕對美感上，是絕對得不到答案的。問答仍是得在同一個範疇中，方可交互進行，精神與肉體絕無法對答。

「精神只能提出問題，絕對得不到答案，除了發問時的回應之外。……精神不停地製造疑問，而且必須儲存疑問，精神的創造力便是疑問的創造力，因此精神創造的終極目標便是疑問本身，也就是創造自然。這雖是極不可能的事，但是朝著不可能前進，卻是精神真正的行進方式。

「精神換句話說就是企圖將『零』做無限制的累積，最後已達到『一』的衝動。……美是無法到達彼岸的。不是嗎？宗教總是將彼岸和來世擱置在距離的彼端，但是所謂的距離並不屬於人類的概念，畢竟它仍然有到達的可能性。科學和宗教只是距離上的差異，六十八萬光年那邊的大星雲也有到達的可能，宗教是到達幻影，而科學是到達技術，然而美恰恰相反，美永遠只存在於此岸，沒有距離，它存在於這個世界上，也出現於眼前，確實可以用手觸摸，我們的官能便是能品嘗其味的東西，亦即美的前提條件。官能確實重要，它能肯定美的存在，但是它卻無法達到美的境界，因為根據官能的感受，只能到達表面的層次而已。

「我這麼說，你還能接受嗎？」

悠一聽不懂檜俊輔在說什麼，就像我們大部分讀者第一次讀到也不懂一樣。所以悠一無法回應，於是老作家半似自言自語地繼續說下去：

「美就是人類親眼所見的自然，也是置於人類條件下的自然，在人世間，對人類進行最深切規約和反抗的就是美感。精神因美的從中作祟，片刻也無法安眠。

「悠一，這個世界上有最高潮的瞬間，就是世上精神與自然的和解，就是精神自然交會的那一瞬間。他的表現方式對生者而言是絕對不可能的，生者或許能體會到那一瞬間，但卻不能將之表現出來，這件事遠在人類的能力範圍之外。人雖然無法表現真正人性的終極狀態，但也同時無法表現出人之所以為人的最高潮的那一瞬間。真正的問題是，表現和行為同時出現的可能性如何？

「談到這一點，人類唯一能接受而且明白的只有死罷了。死只不過是一種事實，或者我應該糾正為行為的死亡就是自殺。人雖無法根據自我的意志誕生，卻能依據自己的意志死亡，此乃自古以來所有自殺哲學的根本命題。但是在死這一方面，所謂自殺的行為和深知全面表現的同時性，其存在的可能性是毋庸置疑的。最高潮的那一瞬間必須非得依靠死來表現不可。

「我想我可以為這件事情提出一個相反的證明。生者所能表現的最高層次，頂多只是最高瞬間的下一個層次，也就是由生命全部的姿態中扣除α，而表現乃生命加上α，才能完成一個無缺的生命形態。為什麼有這種說法呢？雖然在表現時，人仍是活著的，但是無可否認的是，生命從表現中被剔除，而表現者不過是偽裝死亡罷了。人們是多麼地夢想α呢，藝術家們的夢中，也總是希望擁有它。生命稀釋的表現，反而奪得表現的真正準確度……真是不可思議啊，上前來解救對表現感到絕望的生者竟然就是美，而教人們斷然地在生命的不真確中存活，也是美。

「由此可知美已被官能以及生命所束縛，因此人們應奉官能為正確圭臬，所以對人類而言，這一點使得美得以合乎倫理。你能了解吧？」

死亡的「經驗」

要如何了解這段話？還有，要如何了解三島由紀夫在小說中寫這段話的用意？

首先我們必須體會：三島由紀夫是一位嚴肅的思考者，他沒有任何要故弄玄虛的意思。他不可能故弄玄虛，因為他最終依照思考的方向決定了自己的生死，認真、嚴肅到生死以之的程度。

這段話解釋了什麼是「精神」，「精神」就是持續的發問。只要生命存在，不論肉體的感受在一瞬間達到什麼樣的層次，那樣的高潮頂峰不可能維持，下一刻減掉了什麼，不再是原本的經驗。下一個經驗取代了前一個經驗，並將前一個經驗放入問題中，無法在肉體上被證明，因為肉體感官已經被下一個經驗取代了，於是只能在延續的精神中疑問：真的有這個經驗嗎？經驗逝去了之後留下來的是什麼？

變動的自然與持續的精神間，只有在一個狀態下能達成和解。那就是達到經驗的瞬間，不會再有下一個經驗來干擾、汙染。所以只有死亡的高潮是終極的，因為之後感官熄滅，不會再產生下一個經驗，死亡保障了自身體驗不被汙染。

從一般生者所建立的社會觀念中近乎不可理喻的態度，卻貫串、環繞著三島由紀夫的作品。在西方哲學傳統中相應有一句話，維根斯坦的當頭棒喝：「死亡不是人類經驗。」經驗和死亡是對反的，人要活著才會有經驗，但死亡的定義就是經驗止息，所以人無法經驗死亡。依照維根斯坦的提醒：如果有人試圖以經驗的語言談論死亡，那必然是假的，人可以思考死亡、可以猜想死亡，卻沒有任何機會、任何可能經驗死亡。

但三島由紀夫站在維根斯坦的正對面，他不只要從經驗面探索死亡，而且認定死亡是最徹底、決定性的人類經驗。對三島由紀夫來說，不論你的一生曾有過多少經歷，那些現實體驗與記憶都不會是真實的。當下的體驗，下一秒鐘就消失了，你根本來不及記錄，存在記憶裡的已經是打折或扭曲之後的結果，都已經被後來的經驗感染變質了。

這就是「唯識學」中的「薰」、「染」，經驗不可能純粹，感官肉體再怎麼美好、強烈，都只能在被後來的經驗薰習之後，留下汙染後的紀錄。行為與紀錄永遠無法同時完成。

可以這樣說：三島由紀夫作品中念茲在茲反覆陳訴的，就是和維根斯坦辯論，反對「死亡不是人類經驗」的說法。人能體會死亡，儘管死亡的下一剎那就失去所有的意識經驗，但反而正因此而使得死亡在時間上獨立、唯一，不受任何後來新的感受影響，最為純粹，可以最完整。

終極的純粹與存留，對他產生巨大的吸引力，並帶來追索過程中的種種困難、挫折，但他繼續挺進，一直到在《豐饒之海》中得到了自己可以滿意的表現。

三島由紀夫的終極追求

一般認為三島由紀夫《金閣寺》的主題是：太美的事物產生了太大的魅惑，為了徹底擁有，所以將「金閣」毀了。但如果小說要表現的是這樣的嫉妒與占有衝動，三島由紀夫不需要寫一部長篇，尤其不需要將戰爭設為背景。溝口燒掉「金閣」的行動中，反映了三島由紀夫自身的困惑：要如何將死亡、毀滅當作一種終極的體驗保存下來，讓毀壞成為絕對的，在我的生命中不再被汙染、不再變動？

在小說《午後曳航》中，少年產生了對於水手冒險生命的高度想像，然而想像後來釀成悲劇，主要是因為他無法接受能夠如此冒險的水手竟然選擇回到陸地上，讓陸地上的平凡事物汙染他原有的經驗。

從我們自以為「正常」，甚至自以為聰明的角度看去，三島由紀夫當然有病，他在追求我們從來無法想像要去追求的純粹的美，可以抗拒一切汙染的美的感官經驗。他如此認真，不只透過文學，還透過身體、透過劍道來努力逼近那份純粹。

到了一九七〇年左右，寫《豐饒之海》的過程中，三島由紀夫體認了，或說被自己說服而認定了，要以其他形式的追求來取代死亡的終極純粹，是不可能的。真的要得到那剎那固定不變的經驗，唯有自殺。他二十八歲在作品中探測的意念，其實一直跟隨著他，他迂迴地繞著，尋找可能異於檜俊輔的結局。

《禁色》中，檜俊輔發完那番議論後，找悠一下棋，一邊喝酒一邊下，然後說：「唉呀，棋下輸了，我去休息一下，應該是酒喝多累了，才會輸給你，你也沒有很會下棋啊！我睡一下，半小時後叫我。」

半小時後，他已經吃藥自殺身亡，再也叫不起來了。他刻意安排如此離開人世，可以保存和悠一最後的關係，並且將那番議論作為遺言留給悠一。

多年之後，三島由紀夫之死，在相當意義上，等於是這幕情節重演。從這個角度了解三島由紀夫的小說，我們對於他的死不會那麼意外，更能明瞭他長期的追尋。

我年輕時寫過一篇科幻小說，標題是〈溫柔考古〉，裡面有一個設定，未來的那個世界裡，死亡是用來裝填經驗的記憶體空間不夠了，所以在記憶體無法運作前的一件重要的事，是選擇一個畫面，然後那個畫面在記憶體當機時就出現，永遠停留在人的意識裡，你的意識不會再改變了，就只剩這個永恆的畫面。

三島由紀夫就像是一直在思考、尋找死亡瞬間的那份體驗，視之為絕對的、永恆的。尋尋覓覓，最後卻是選擇去占領自衛隊，在自衛隊長官辦公室裡切腹，為什麼是這個？

日本人如何看待死亡？

閱讀三島由紀夫作品，尤其是讀《豐饒之海》，不能以自己對生命的熱愛與依戀——用三島由紀夫的話說：「愚蠢的肉體感官」——作為前提。這將我們帶回經典《菊與刀》，在設想以美國人讀者為對象時，潘乃迪克特別凸顯了日本人對待死亡的特殊態度，尤其是死亡概念中異於美國社會、西方文化傳統的部分。

在戰爭中，美國人覺得日本人很奇怪，但換另一個方向看，日本人也覺得美國人很難理解。潘乃迪克引用的一篇日本新聞中，報導了美國一位船長獲得授勳表揚，理由不是他在戰鬥中的任何英勇表現，而是敗戰後他搶救了兩艘船以及船上的士兵，也就是他成功地指揮船隻和船員逃走。日本人覺得好笑，在戰場上逃得好、逃得成功也能被表揚？

潘乃迪克對照日本軍隊和西方軍隊的巨大差異。首先，日本人沒那麼重視野戰醫院、後送醫院，尤其是在戰場上，不重視救助傷兵。對他們來說，一個受傷的戰士還要多拖一個人去保護救治，是荒唐的。

其次，二次大戰的統計，在戰場上每四個美國軍人就有一人投降；但和美國對壘的日本軍隊，投降比例則是一百四十分之一！而且這些投降的其中還有一部分是已經受傷、甚至昏迷了才成為俘虜的。

很明顯的差異：即使在戰爭中，西方人的主要態度仍然是保存生命，至少一定要保存自我的生命，然而潘乃迪克驚訝發現這樣的態度在日本文化中竟然不是理所當然的。日本人不覺得生命如此重要，戰鬥的意志、戰鬥的表現對他們來說比生命更重要。

日本人認為：如果在戰場上因為任何理由還需被照顧，那算什麼戰士！那是一種怯懦、屈辱的表現，所以他們不會強調對傷兵的救治。日本人絕對不會同意「好死不如賴活」這句中國俗語，他們花在思考如何「好死」的精神，遠超過本能地追求「賴活」；必須擺脫「賴活」，「賴活」只是終究換來「好死」的條件，才能成為武士，才是一個能得到基本尊重的日本人。

現在的一般人，也包括現在的日本人，都是以負面的角度看待死亡的。死亡沒有自體性質，不過就是活著的對反，是生命消失的狀態，生命沒有了被稱為死亡，而不是另外存在著一樣叫死亡的東西。不過以前的人不是這樣看待死亡的，尤其是對傳統的日本人來說，死亡有其主體，死亡是很有分量的，也因此死亡有許多種類，必須認真好好選擇。

傳統日本社會的構成

《菊與刀》書中有一整章討論日本社會的構成。尤其值得注意的是武士的角色。豐臣秀吉的歷史地位有一部分就建立在將武士專業化這件事上。中國人很喜歡強調日本文化上對中國的模仿、依賴，的確「大化革新」時中國文化的輝煌先進遠遠超過了日本；的確，日本長期執迷於中國文化的成就；的確，日本從中國學習了許多內容。但另一面的重要事實：中國的影響從來沒有大到讓日本放棄原本的文化，更沒有真正改變日本的社會結構。

社會與文化互動中，日本形成了獨特的層疊堆疊結構。日本人在歷史中積極引進外來因素，但並不是取代原有的，甚至也並未和原有的文化充分融合，毋寧是開發出一個新的空間，將外來內容置放、壓疊在原有的文化上，如此而產生了日本文化的巨大矛盾現象。最明顯的，日本從中國引進了儒學與家庭倫理，卻並未因此而同化消滅了原本極為發達的情色文化，於是在中國高度禁慾的倫理觀念，到了日本卻和裸露身體、表現情慾的現象並存。

潘乃迪克在《菊與刀》中也特別強調：日本一方面快速學習、模仿他人，但另一方面一直維持著保守的性質。照道理說引進外來文化，態度必須是開放的，願意以新代舊，但日本不是這樣，新的進來了，舊的卻還緊緊保留著，讓新的、舊的在不同社會階層、不同生活面向上並列。

日本也是一個講究忠誠卻又經常動亂的社會。這也是根本的矛盾。忠誠是武士這個社會層級的信念，然而底下的庶民卻懷抱著變動不居的生命態度。平安朝華麗纖細的貴族文化沒有滲透、改變野性的底層；幕府時代的武士道、受「朱子學」東傳影響建立的近代儒家倫理、乃至於後來從西方來的「蘭學」也都沒有。所以這些歷史元素一層一層疊起來，後面的不會真正取代、消滅前面的。

看夢枕獏的《陰陽師》，稍微接觸日本「陰陽師」的故事，也可以明白那是一個什麼樣的人鬼混雜狀態，和中國文化中強調的「未知生，焉知死」態度徹底相反。但在日本傳統文化中，兩者沒有牴觸、不需進行「either/or」的選擇，可以是在不同層級的「both/and」共存。

相應地，日本社會結構有嚴格的層級。很長一段時間甚至接近印度的種姓制度般，最底層有賤民，地位稍高一點的是商人，比商人高的是工匠，工匠上面是農人，然後再上去是武士，武士之上有大名、幕府，最高的當然是天皇家。如此一層一層，基本上都由身分決定，沒有上下流動。即使是最高的幕府，像德川家掌握了全部的政治權力，仍然在身分上和天皇家隔絕開來，絕對不會想要將天皇推翻了換自己來當天皇。天皇的身分始終保存著，從來沒有被挑戰過，可以說是日本身分制度的終極表現。

身分隔絕觀念的作用，遠比我們想像的來得大。日本天皇「萬世一系」的傳承一直留到今天，儘管在歷史上大部分時間中天皇都沒有實際權力，卻始終未被撤廢。日本天皇並不是到今天才成為象徵性的，基本上在漫長的歷史中，從幕府政權成立以來，總共只有三位天皇擁有實質權力──明治、大正、昭和三代，如此而已。其他時候天皇都只是最高地位的象徵存在而已。

豐臣秀吉建立了規範，將武士訂定為一種身分，武士不只是世襲的，而且專業的武士一輩子只做一件事──效忠服務大名。武士和社會上的生產工作全然無關，只依賴主人過活。

而作為武士主人的大名，則是從封建分配的土地生產中得到資源。

幕府占據封建的最高處，以「將軍」的名義嚴格看管其他大名。封建時期的日本存在著許多「關」，那主要不是為了管控貨物抽稅的，而是要管控人，不准大名家的女人任意進出關卡。各地大名被要求半年在領地，半年在江戶，以便德川幕府就近看管，避免長期遠離權力中心不受監管生出異心。大名人不在江戶的半年間，家中的女人、小孩還必須留在江戶，失去了行動自由，成為幕府的人質。

因而日本歷史小說或大河劇經常凸顯的重點是：封建時代有野心的男人，首先要對自己的妻子小孩殘忍，任何作為只要有風吹草動，作為人質的妻子兒女就可能被殺。

武士道精神

武士靠主人大名分給他的農戶生產所得過活，其實他們能有的收入並不高，雖然有地位，但生活水準和一般農戶差別不大，有很多窮武士。中下層人民普遍貧窮，使得日本社會慣行長子繼承制，父親的財產不足以平分給兒子們，只能全部交給長男勉強延續、累積。

財產、生活上沒有太大差別，於是武士更須依賴儀式性的表現，來拉開自己和農民的地位距離。武士道就是種種內外儀式的總稱。武士講究隨身佩刀，強調有權力可以奪取膽敢冒犯武士尊嚴的平民生命，終至連對待死亡都和一般平民有明顯不同的姿態。德川幕府統治期間，同時也是武士道逐漸流行，武士道論述長足發展的時期。

武士道論述建立在一個簡單的基礎上：亂世中，所有人都貪生怕死，只有武士站在最前面不恤生死勇往衝鋒，如此取得了武士的特權。武士的特徵就在於面對死亡時不退卻，如果怕死，那就在性質上和農民沒有兩樣了。

農民敬畏武士，連帶地敬畏他們不怕死的精神。另外，身分制之下農民無法轉行，遇到困苦磨難時，他們唯一的解脫是去求助主人。上層封建主遇到農民控訴，最常見的作法是以負責管理職務的家老等人為犧牲，換掉、甚至殺掉這些人來平撫農民的怨恨，維持封建土地上的秩序。然而為了避免產生鼓勵農人上告擾動的效果，在懲罰家老時，也一定以犯上名義懲罰出面控訴的農民。於是在農民階層逐漸建立了一種心態，生活最困苦艱難時，必須有願意自我犧牲，不怕死的代表為眾人去向大名告狀，這種人成為受崇敬的英雄，連帶地農民階層也高度肯定勇敢赴死的態度。

幾百年中，日本社會和死亡之間有了很不一樣的親密關係，對於死亡的思考乃至於歌詠，滲透在日本文學中，形成了一個由三島由紀夫繼承的巨大傳統。三島由紀夫的貢獻是將這個傳統中不怕死、甚至推崇死亡的態度向深度推，叩問死亡為什麼那麼重要，正視死亡對於人活著會帶來什麼意義。

他最重視的，是弔詭地認為死亡可以抗拒時間。本多繁邦代表的是正常的時間之流，或說在時間中的流轉，必定是從少年到成年、到中年、到老年，呈現了世俗生命的無奈，代表了我們絕大部分的人。

印度教、佛教中的輪迴觀念，原本是為了解釋現實中的不公正，好人不會有好報、做壞事看起來不必然會有壞結果。輪迴將果報拉長，這一世的享受原來是輪迴前世的業所帶來的報酬，這一世所行之惡因而也必定會報在輪迴下一世，如此保住了人必定要為自身行為善惡負責的邏輯，讓人願意求善避惡。

然而三島由紀夫將輪迴從這種道德果報的解釋中拔出來，強調輪迴本身的意義，輪迴本身就是目的，在輪迴中得以離開時間的消磨，輪迴是一種對抗時間的昂然姿態。

輪迴對照下，本多繁邦那樣在時間中必然頹敗、老化，接受時間的種種折磨，何其不堪！和時間的酷刑相比，死亡非但沒有什麼好怕的，甚至展現出難以逼視的美與高貴。

義理社會

潘乃迪克從西方社會的經驗中對照看日本，看出了另外一項似乎矛盾的現象——日本人行為上高度講究禮儀，表現得很恭敬，卻又強調復仇，尤其是可以為了別人的一點點冒犯就訴諸嚴重的報復手段。

從美國人的角度看，對人禮貌必定是性格中有相當柔軟的部分，才能經常表現出恭敬的態度，但挺身追求復仇卻是極其剛強的，很難想像兩者同時存在於一個人的個性或處事原則中。

但在日本文化中，這兩者完全不矛盾，統合在他們的社會「義理」觀念下。「義理」或「義」的根本就是一個人是由如何和別人相對待來決定的，領受別人的「恩」或從別人那裡得到「怨」，都必須回報。

人一生下來，父母就對他有恩，所以要報父母之恩；推擴去看，天皇也對他的存在有根本之恩，所以要以效忠天皇來報恩。這些需要報恩的關係，組構成重重的「義務」（ぎむ），日本人活在義務的網絡中，有沒有盡到義務，成為別人評斷你生命價值的最主要依據。義務只能接受，不能質疑，是人活著的基礎。

報仇是義務的一環，被侮辱時不存在要不要報仇的選擇，因為對方不只傷害你個人，同時必定傷害了你的名字、你的地位，後面所有附隨在你身上的關係，你不是、不可能只作為個人、為自己而活著，這些集體關係要求你去報仇。

「義」、「義理」、「義務」這些名詞雖然從中國傳過去，但日本人的倫理觀念和中國人很不一樣。「仁」在中國思想中總是與「義」相提並論，被視為是比「義」更重要、更高貴的素質與原則，但相對地，日本人將「義」看得很重，卻不強調、不凸顯「仁」。

「仁」在字型上由「二人」構成，指的是人與人之間相處互動的根本道理，在中國儒家思想中，主要是相對責任。孟子說：「君之視臣如土芥，則臣視君如寇讎。」就是「仁」的相對實踐；「仁」在「義」上就表示有更高的原則評斷關係義務是否成立。

沒有「仁」壓在「義」上的日本觀念，因而比中國的倫理規約要更嚴格、嚴重得多。「仁義」二字傳入日本，在日本書中變得不完全是正面的，通常用來指「義」或「義理」的例外狀況。應該無條件服從領主的武士，卻為了對妻兒的不忍而做了不同的決定，那叫做「行仁義」，「仁」介入干擾、改變了原有的「義」。

所以對中國人來說不可思議、無法理解的，日本人會以「行仁義」來形容許多綠林強盜。這些人像中國的「游俠」，為了信守然諾，或為了盡到朋友的道義，違背了在社會上原有的角色責任，那叫做「行仁義」。

身分與義務

潘乃迪克特別強調日本是「恥文化」，受辱羞恥在日本格外重要，比在中國都要重要。中國也沒有西方基督教式的「原罪」觀念，然而儒學尤其到宋明理學中高度重視內在良心、良知的自我判斷，畢竟仍然保有內在之力，所以在王陽明心學流行的明朝，出現了許多看起來驚世駭俗的知識人，他們堅持自己認定的是非，絕不屈從於當權的宦官威嚇下。這部分相對在日本價值觀中沒有那麼深刻的影響，因為和日本底層的傳統文化有所牴觸。日本封建社會的身分制下，個人沒有那麼大的良知獨斷權力。

在中國，羞恥也是維繫社會表面運作不脫序的重要因素，然而像王陽明的「致良知」則強調人可以抵抗羞恥，抵抗別人所論斷的是非對錯。在西方尤其強調上帝的最後審判凌駕一切世俗的意見，具備有終極的真實性、終極的權威。

在日本，別人的評斷如此重要，而社會的評斷標準就是看一個人有沒有盡到「義務」，有沒有完成身分中規定應該要做到的。疏忽了「義務」必然會招來異樣的批判眼光，作為一個人，在關係間的角色最重要，忠於家庭、忠於領主，到後來忠於公司、忠於天皇，人被巨大的義務關係網絡牢牢限制著。

每個人都有清楚的身分，最不堪的是沒有固定身分在社會上游離的人，甚至沒有人敢接近。每個人都要照自己的身分行事，他人對你的身分都有清楚的「義務」認知與要求。

去看一下弘兼憲史的「島耕作」漫畫系列。都已經到了二十世紀末，這部作品剛開始連載叫《課長島耕作》，然後變成《部長島耕作》、《取締役島耕作》、《常務島耕作》、《專務島耕作》、《社長島耕作》、《係長島耕作》到《會長島耕作》，那些頭銜一定掛在名字前面，不只顯現了這段期間島耕作在公司的層級，同時顯現了漫畫要描述的內容性質。

在台灣，同樣都叫做「副理」、「經理」，在不同的機構、單位裡地位可能很不一樣，工作性質也可以天差地別，每家公司都可以自己任意取頭銜印名片，在日本可不是這樣。在日本每個頭銜是個明確的社會身分，附隨大家共同認知的行為「義務」，沒有那麼多的個別差異空間。

弘兼憲史在一九八〇年代畫出《課長島耕作》，重點在於質疑日本企業制度中的僵化，島耕作是一個不太遵守課長規範的人，反而才對公司做出了最大的貢獻。弘兼憲史要凸顯的，是企業應該給這些底層幹部多一點自由發揮空間，日本最大的問題就在於一切都照規定行事，嚴重缺乏創意與應變能力。

不過這個意外成功的故事繼續畫下去，到《取締役島耕作》其實就不可能維持原有的精神了，因為就連弘兼憲史的想像力都突破不了現實，當到董事職務的人不可能還有什麼自由、創意的空間了。

和《課長島耕作》大約同時期，一九九〇年代，有另一部職場漫畫，叫《惡女》，主角是一間公司中最沒有地位的底層女職員。這位田中麻理玲變成了公司裡的「惡女」，但其實她從頭到尾沒有做任何可惡或邪惡的事。她只不過是白目不懂別人預期她在這種身分、這種地位上該做的事，經常脫口說出不該說的直話大白話，橫衝直撞做了不該做的魯莽行為。到後來大家都被她搞昏了，公司反而出現了原本所沒有的活力與成就。

一直到今天，日本大部分的公司職員，拿出來的都還是制式千篇一律的名片，沒有特別的設計，而且也不會有什麼奇怪的頭銜，課員、課長、部長、主任……仍然按部就班排下來。「せんせい」仍然是一個正式、明確的尊稱，不像在台灣、大陸任何人都能稱「老師」，「せんせい」一定有與「せんせい」相稱的資歷，也一定有稱得上「せんせい」的樣子與行為。

禁忌的同性之愛

日本一直都存在著巨大的社會控制能量，沒有人能自外於這個網絡。三島由紀夫在日本的社會環境中，長期有著身分不明的曖昧潛在悲劇性質。他從小是一個不像男生的男生，無論在身體或心靈上都相對脆弱，別說要在體育活動中得到成就，往往甚至根本無法參與。這種性質清楚地記錄在他自傳性的小說《假面的告白》裡。

他很敏感，能夠感受別的小孩感受不到的刺激，也就會感受到別的小孩感受不到的傷害。成長中他累積了很多痛苦，為了逃避凸顯自己的脆弱，所以到文學中尋找庇護，藉由人家肯定他的文學成就來取得安全感。

連他和文學間的關係都帶著緊張：文學一方面讓他被世人看到，另一方面又讓他得以躲避。人們透過文學認識了三島由紀夫，卻也因而忘掉了還有一個原來的平岡公威。從小他得到的周遭大人評語總是：這個孩子怪模怪樣的，但寫出來的東西卻很厲害。

他的「怪模怪樣」就包括了特殊的性傾向。他很早就發現自己迷戀男色，尤其是男性陽剛的肉體對他形成了最大的吸引。受到日本社會的壓抑，他的性傾向表現為迷戀男色，卻不曾真的和其他男人有愛情或肉體關係。而且他還刻意維持了「正常」的婚姻與家庭外表。他一直讓對於男色的渴望保持為文學上的想像，而不是現實生活的反映。

從《假面的告白》到《青色時代》到《禁色》，他的小說中對於男同性戀有很露骨的描述，但那似乎正是因為不能在現實中尋求男色滿足，而在文學裡進行的發洩，用想像書寫來滿足對於男色的迷戀，才能維持自己的「正常」生活。

他到了三十歲之後去練劍道，認真打造自己的身體，又和一位也迷戀男色的攝影家細江英公合作拍了一系列照片，取了「薔薇刑」的標題，主視覺照片中三島由紀夫嘴巴含著一朵薔薇，意象極為詭異。

三島由紀夫小時是一個虛弱的男孩，反向崇拜和自己完全不一樣的男體，類似西方古典雕塑中的那種體型。小說《禁色》中出現的悠一，正是依照這種典型描繪出來的，高大、輪廓清晰、在健身房中鍛鍊出的體型，女人會對他的外表立即眩惑癡迷，可是偏偏他不愛女人，他最愛的是由自己的身體所象徵代表的那種男人。

悠一的態度也是這段時期三島由紀夫的態度——無法去愛戀男色對象，就將那樣的禁忌情感轉成自戀，努力將自己打造成原本羨慕追求的那種身體外貌。原本的衝動是向外尋找彌補自身匱乏的補償，現在轉而向內去創造、加強自我男性陽剛性質，於是愛戀者與被愛戀的對象合而為一。

《禁色》中的檜俊輔本來喜歡和女人勾勾搭搭，喜歡誘惑美少女出遊，但到後來他的慾望也隨著對自身匱乏的認知而改變了，最嚴重的匱乏是自己的青春不再，於是他愛上了悠一，以悠一為自我男性青春的補償。

「像樣的」男人與贗品意識

三島由紀夫決心將自己塑造成年輕時會羨慕、愛戀的對象。堅忍地上健身房，堅忍地鍛鍊劍道得到長足的進步，發揮了極為驚人的意志力。劍道和武士道結合，特別強調承受痛苦的紀律。人到中年還能在劍道上有成，從精神分析的角度看，那可能是被壓抑的性慾轉型迸發出的力量吧！

遲來地，三島由紀夫成為一個「像樣的」男人，以非常男性的模樣呈現在社會集體眼光中。在此之前，他躲在文學作品背後，作品受重視給他帶來不安，害怕站出來時被人家質疑：寫出這種作品的竟然（果然）是瘦弱、蒼白的人啊！將自己重新鍛鍊出「太陽與鐵」的外表性質之後，文學不再是逃避的遮障，相反地，他藉由文學吸引目光，享受其他人對他的羨慕，轉成更大的自戀動力。

經過這樣的轉折，三島由紀夫的自我認知改變了，卻也帶來了新的困擾。他畢竟是一個稱職、有品味、也有嚴格自我要求的小說家，他不願、甚至不能寫膚淺的小說內容，小說必定要挖掘人的心理內在，擺脫表面的單純描述，去追索別人看不見之處的掙扎與懷疑。

表面上，他變成了陽剛的男人，但文學的追求卻又使得他無法不去凝視、不去挖掘自己的掙扎與懷疑。尤其是他的成長過程，他和男性氣質、男性角色的搏鬥，在心靈上留下了許多掙扎與懷疑。他無法擺脫這份不安全感：新的陽剛形象是真的嗎？自己真的擺脫了孱弱，還是孱弱才是本質，或許自己只不過忍耐了一切，純熟了演技，能夠騙過夠多的人？

這就牽涉到《天人五衰》的主題：贗品意識。《豐饒之海》的輪迴故事設定了四次轉世有四種不同人格特性，從貴族感性青年松枝清顯轉世為莽撞帶有強烈理想衝動的飯沼勳，再轉世為激發情慾的少女月光公主。到第四世，更戲劇性的變化讓主角變成了一個庸俗的人，庸俗是他身上最大的特色，也呼應了戰爭結束後的日本社會。

然而從寫飯沼勳和寫阿透，我們可以清楚感覺到三島由紀夫的偏愛，他當然認同前者而對後者感到不耐。依照設定，這麼一個龐大的輪迴故事將會結束在阿透身上，三島由紀夫愈來愈感到難以忍受，於是做了一項重大改變決定——要讓本多繁邦懷疑阿透也許是假的，不是真正輪迴轉世，而是被誤認的贗品。

如此而給他自己的寫作過程帶來了高度危險。在那半年多的時間中，他等於每天活在對於假冒與贗品的思考中。一邊寫假冒的阿透，一邊不得不隨時意識到另一個假冒男人、假冒陽剛的自我，進而懷疑《豐饒之海》小說裡的認同與投射，會不會也都是假的？

深具舞台意識的自殺鋪陳

《豐饒之海》要寫不斷重來的青春，每一個轉世上場時都不到二十歲。然而書寫的作者三島由紀夫很明顯地已經四十歲了，等於是兩段輪迴的年歲，他的真實生命不是再次重來的青春，毋寧比較接近延續的、會老去的本多繁邦。

三島由紀夫只活了四十五歲，來不及進入生命的老年，但奇怪的，他在小說作品中寫了很多老人。源自對青春的執迷，他具備了看穿老化老去的驚人洞見。尤其是老去與自由間的關係。

在日本社會層層「義務」的綑綁下，每個人對父親、母親、兄弟姊妹、長輩鄰人有諸多責任要照顧，當然無法自由。自由成了這個環境中最珍貴、最難擁有的資產。什麼時候人才能獲得自由？年輕時的三島由紀夫就看穿了：唯有老去了，像是媳婦熬成婆一般，爬到了責任結構的最高處，你該盡責的對象陸續都走了，只剩下欠你的那些人，你才有自由。然而熬到那個階段，人的身體與精神卻都已經衰耗到無從享受得來如此不易的自由了。

三島由紀夫在日本老人，尤其是老男人身上看到一種誤用、濫用自由的風息，他們將自由用在換取限制別人青春的權力上。他沒有passion、沒有sensibility、甚至沒有sensitivity，還能如何？他們無從珍惜自由，只有在看到青春慾望時產生嫉恨，阻礙年輕人得到自己當年得不到的自由發洩而已。

三島由紀夫敏感地碰觸到了日本人時間感中的一份空虛。即使同樣強調人倫義務，一樣賦予父親、祖父強大威權，中國文化中特別凸顯家系、族譜、祖墳的重要性，讓人的死亡不會是徹底的完結。中國人的信念是：只要留有子嗣成了祖先，你的生命就有不被時間消滅的意義，你是這不斷留傳下去的世系必要的一環，一定會留下紀錄。但日本人沒有同樣的信念，對他們來說，一旦曾經有過人倫義務關係的人也都不在世上了，生命與記憶就徹底消失，沒有上帝也沒有族譜家系可以保障長生。

日本人的實存感中帶著虛空的悲劇性。老人自覺愈來愈接近那終極的消失，當他們取得自由時，內在的恐慌卻使得他不知如何應對、如何運用這份自由，因而顯得猥瑣、卑鄙。

三島由紀夫年輕時早早就看見了這一點，但接下來的時間中，他不得不面對，生命必定會將自己一日一日推向愈來愈接近那樣猥瑣、卑鄙的老年情況，該怎麼辦？

他選擇拒絕接受。以強烈意志力阻止自己的外表變老，將自己的肉體盡量維持在年輕的狀態下。然而他的敏銳知覺卻又不斷產生底層的懷疑：這種抗拒時間的年輕是假的，不老的外表是騙人的，也就存在著隨時可能被拆穿被看破的窘迫、羞恥威脅。

除非在這之前，以讓人永遠難忘的方式結束生命，既停止了老去的威脅，又解決了最終徹底消逝的空虛悲劇。

三島由紀夫寫過劇本，開創過「現代能劇」，自己也登台演出，更參與過電影的編導拍攝，他具備清楚、強烈的舞台意識。

自衛隊就是他選擇的舞台，切腹與介錯是他的戲劇性演出，他故意在一個跟他沒有必然關係，沒有人倫或社會「義務」連結的地方驚駭世界地走向死亡，讓觀眾們奔走探問：「三島由紀夫怎麼了？他為什麼要做這樣的事？」如此他就離開了那個猥瑣老年與終被遺忘的人生宿命。

與青春共殉

一九七〇年十一月二十五日，三島由紀夫懷抱著熱情與愛走上自殺之路，正因為他仍然具備熱情與愛，所以他不能活下去忍耐自己老去。藉由書寫《豐饒之海》，他想清楚了：死都沒有老去來得糟。如果不死只能成為像本多繁邦那樣連慾望都變得猥瑣不堪的老人；如果死了，說不定還能輪迴轉世，再來試驗這個可以感受慾望的身體。

相較於三島由紀夫，我們絕大部分的人，可能是百分之九十九的人，都沒有足夠認真看待自己的青春——那份年輕身體所賦予的人與慾望間的激烈關係。但要如何能不虛耗青春，要如何在牽涉慾望時不落入庸俗的動物性中？三島由紀夫在小說中寫得如此之美，但絕對不能不應該被複製的，是殉情或殉死。

在《走在人生的懸崖邊上：楊照談太宰治》中，我比較詳細地介紹了日本文化中的「心中」，一般認為的殉情觀念。相較之下，三島由紀夫顯然擴大了「心中」的意義，殉死的主題不是一男一女為了不容於人情義理的愛情去死，而是為了抽象的青春，為了阻止老去，選擇與青春共殉。

願意喪失生命來阻止老去，表示了徹底無法忍受老年的態度。弔詭地，抱持這種態度的三島由紀夫在自身進入老年之前，就對老去的生命與肉體有著極度尖銳的洞見，這樣的洞見促使他、說服他不要等待歲月，寧可親手結束生命。

在《曉寺》中，本多繁邦進入中年了，被三島由紀夫寫得很不堪。但那樣不堪的描述並不是刻意醜化，而是從和青春的對照彰顯出來的。本多繁邦以偷窺來延續、遂行青春不再的慾望，這讓我們想起《午後曳航》小說中也有偷窺的場景，而且是小說的開頭，阿登上場的方式。重點不在於偷窺行為本身，阿登偷窺自己的母親和男人做愛，不會比本多繁邦偷窺月光公主與慶子的同性愛撫行為來得容易被接受，關鍵在於偷窺引發的反應，對照出一個是開闊的，一個卻是茫然沒有去處的。

三島由紀夫對於老年的厭惡，還反應在《天人五衰》的寫作過程上。《豐饒之海》是在《新潮》雜誌上連載發表的，《春雪》從一九六五年九月開始連載，《奔馬》是一九六七年二月接續連載，《曉寺》在一九六八年九月登場。從第一部到第二部，花了一年五個月，第二部到第三部，花了一年七個月；第三部到第四部，一年十個月。

三島由紀夫很年輕就成為專業作家，寫作的方式基本上是邊寫邊連載，連載多久大致就寫了多久。所以我們可以想見，從一九七〇年七月開始連載的《天人五衰》，開筆寫作的時間不會早於這一年的四、五月。然而到這一年的十一月二十五日，三島由紀夫就離開人世了。

前面提過，他原本預計在一九七一年十二月才完成《天人五衰》，卻用令人驚訝的兩倍速度趕寫了這部小說。不只是如此趕赴自己的生命終點，而且是因為他一方面忠於自己寫小說的專業標準，仍然以華麗深思之筆追摹本多繁邦的老年生活，但內在對於這樣的題材愈來愈不耐煩，刺激他寫得更快。雖然小說本身未表現倉促之感，畢竟寫成了四部中最短的一部。

書寫《豐饒之海》的過程中，傳來了川端康成獲得諾貝爾文學獎的大消息。這對於三島由紀夫如何面對未來歲月也有很大的改變影響。

很長一段時間，三島由紀夫是國際間最知名的日本作家，然而他非但沒有成為諾貝爾文學獎的得主，還在川端康成得獎過程中，被拿來作為對照。如果說川端康成因為是「最日本的小說家」而獲得殊榮，那不也同時意謂著三島由紀夫不夠日本？對比下，他被很多人刻畫為一個討好西方品味反而被西方跳過不選的作家。這對心高氣傲的三島由紀夫當然帶來很大的傷害。

那幾年間發生的另外一件事，是他學習劍道有成，在一九六八年取得了五段資格，被肯定為劍道高手。雖然劍道講究「氣」與「勢」，大部分練劍道的人還是從小開始練習，在二、三十歲到達顛峰狀態的。三島由紀夫小時身體虛弱，卻又心緒敏感，看起來比較像小女生而不是小男生，經常被雄性陽剛的同儕排斥、甚至霸凌。早年他明顯表現出對劍道以及學劍道的人的厭惡，反映了這種不愉快經驗的衝擊。這樣的人竟然在過了三十歲之後，回頭尋找自己年少時憎恨的劍道，並且堅持鍛鍊，達成五段及格，創造了新聞話題。

升至劍道五段後，他主導成立了「楯之會」。「楯之會」一部分的性質就是劍道同好會、訓練所，三島由紀夫以劍道五段的資格擔任老師，聚集了一群年輕人立志復興日本精神。

他將他的精神與力氣逐漸從進行式的文學創作，轉向朝準備為解決日本「戰後空虛」而投注自我生命的完結儀式。

大戰過後的創傷

德國作家雷馬克寫過一部最重要的戰爭小說，也是最經典的反戰小說《西線無戰事》，小說中記錄了第一次世界大戰時年輕生命如何在壕溝中浪擲的情況。他還寫過另外一部對於戰爭提出同等尖銳批判的小說，叫《戰後》。

《戰後》小說中的人物，他們在十八歲被徵調上戰場，德國戰敗從戰場上退下來，其實也不過才二十歲。然而在青年期的關鍵兩年間，他們目睹、親歷暴力與死亡最極端的表現，而且隨時處在死亡邊緣，靠著讓自己退化到動物本能反應，也就是剝除了自己的人性，才得以存活下來。

所以每一個戰後回到德國社會的人，身上都烙印上一種特殊人格，使得他們難以重新恢復和平生活。他們曾經如此熱切期待、嚮往和平，然而真實的和平，尤其是戰敗狀態下的和平，卻必然使他們失望。

在和死亡拚搏時，會認為和平是崇高的目標，可是真的有了和平，和平是什麼？和平只是戰爭結束、沒有了戰爭的狀態，除此無他。原本想像中和平的光環都消失了，想像具備有的意義都沒有發生，之前發生在你生活中的眾多事件，現在都不會再發生了，如此而已。

從戰場回來的二十歲青年，不可能聽得進父母任何話，他們有了遠比父母來得豐富的人生閱歷，還能從父母那裡學得什麼道理？一個回家的青年，抓了鄰居的一隻大公雞，呼朋引伴邀人一起來享用，他父母氣急敗壞，要求他去向鄰居認錯道歉。他覺得莫名其妙、更覺可笑，才不久之前，他們在戰場上做了好多比擅自抓人家的雞嚴重千百倍的事，怎麼可能接受對抓雞殺雞一事大驚小怪？

他們是戰爭後期被動員的，當時還沒從學校畢業，現在他們要再回學校去。但他們如何在學校裡待得住啊？當年灌輸他們德國多了不起的老師沒有上過戰場，不曾為德意志的光榮付出那麼大的代價，老師出題目：「戰後德國如何復興？」學生的反應是：「你憑什麼問這個問題？」

師生間決裂了，復員的學生去向學校抗議，他們渾身留著暴力的氣息，讓人害怕。學校讓步了，讓他們自己決定考試的範圍，只需準備那個範圍就好。他們得寸進尺，將學校的立場解釋為：學生自己擬考題，考試就只考那些題目。學校最後還是答應了，於是他們都從師範學校畢業，取得了教師資格。

但他們要如何當老師呢？他們最了解的，甚至是在身心方面都排除不了的，是戰爭，但在戰後環境中，最不需要他們教、最不能教的，就是戰爭。他們個個適應不良，出了種種狀況從教師的職務上離開。

另外，戰爭當中部隊裡存在著森嚴的上下階級，戰後軍事階級變得全無意義了。這些原來的士兵聽說之前的一個長官開了酒館，就帶著報復、挑釁的心情結伴而去，準備要在沒有階級限制的新環境中好好修理曾經苛待過他們的長官。到了那裡，他們看到的卻是一個勤勤懇懇、熱心待客的酒館主人，認出他們之後，客氣地請他們喝酒。當被質問過去在軍隊裡的事時，他姿態再低不過，扮出一副不知道、徹底忘掉了的模樣。

他們太失望了，也不知道該怎麼做。戰爭中欺壓他們，不可一世的那傢伙不見了，戰後眼前這個人，到底是還不是我們要來報復的對象？現在揍他一頓，好像不再能帶來那種快感了，那麼我們過去所受的欺壓委屈要去哪裡討？以前不能反抗他，現在他換上那麼卑微的態度，變成了一團棉花，讓人找不到施力之處，更不會有施力發洩的效果了。

不能適應戰後的社會，以至於有人甚至決定回到部隊裡。但軍隊也已經不是戰爭的那種組織了，不打仗、不用面對死亡威脅、近乎無所事事的軍隊生活呈現出一種超現實的荒謬。軍隊裡的人此時會斤斤計較一些瑣碎到不可思議的利益，過去在生死線上掙扎激發出的所有重要、高貴的性質統統不見了。

他們是戰場上的倖存者，應該慶幸自己活著回來，但回到戰後的狀態中，卻讓他們愈來愈不確定：活著回來有比較好嗎？有比較輕鬆或比較有意義嗎？他們想像的那個倖存回歸，其實永遠不在了。

《戰後》小說中的敘述者「我」去到小時成長的原野上，看到了那一片田園，感受完全不一樣。他的一個朋友的妻子有外遇，朋友要離婚，妻子卻不接受，對他來說，那是戰爭所帶來的錯亂，戰爭過去了，錯亂也就跟著過去，她要回到原來的家庭狀況。但怎麼回去呢？

這部小說由眾多零碎的片段組成，每一段是反映了「戰後」精神創傷的一個面向。那麼多段落，因為創傷如此普遍，如此難以處理。

日本戰敗後的態度

三島由紀夫面對的是二次大戰的戰後創傷。二次大戰之後去到德國的人，都注意到一個特殊的情況——德國人如此沉默，甚至連眾多人口聚居的大都市，街道上都是安安靜靜的，安靜到詭異地步，好像那一個個人影都不是真的，是沒有重量飄過去的幽靈。

德國人被強烈的罪惡感壓得說不出話來。不只是戰敗，還有被挖出屠殺六百萬猶太人的暴行，德國人無言以對。他們說任何話，都可能被看成是自我辯護，連他們自己內心都無法接受做出這種事情的罪惡。德國是清教國家，是最典型的「罪文化」（guilt culture），他們只能對戰前與戰爭保持徹底沉默不語，在一種近乎集體精神疾病的狀態下，高度壓抑，將精神都耗費、發洩在工作與經濟發展上。

用德國作家溫弗里德．塞巴爾德（W.G. Sebald）的說法，戰後德國城市中最普遍的現象，就是沉默的德國人推著手推車，在街道上將被轟炸成廢墟的瓦礫一車一車收拾起來。那種景象會讓你覺得似乎德國人命定如此；他們接受了上帝生出德國人就是為了讓他們收拾瓦礫的命運。堆在車上推走的其實不全是瓦礫，還包括了屍體，親人、鄰居的屍體，他們還是只能默默地收拾，愈是痛苦愈是不敢流露出絲毫情感。

日本的戰後卻不是這樣。一九四五年八月十五日，日本正式宣布投降，美國軍部到美國政府與國會卻立即陷入嚴重爭執中。接下來該怎麼辦？一派以太平洋戰爭經驗到「一億玉碎」的口號為依據，判斷仍然必須動員大量部隊才能有效鎮壓、占領日本，要有在日本遭遇強悍游擊戰爭抵抗的心理準備。另一派則持反對意見，認為日本人會接受戰敗，不會在本土上再和美國對抗。

後面這一派意見占了上風，後來也證明是對的。屬於這一派的，包括了海軍顧問潘乃迪克，以及實際指揮太平洋戰事的麥克阿瑟將軍。

潘乃迪克訪問了許多日本戰俘，問他們為什麼要打仗？得到的答案，幾乎千篇一律都是——為了天皇而戰。那戰爭的目的呢？戰爭的意義呢？大部分日本戰俘答不上來。他們沒有提到大東亞共榮圈，沒有提到亞洲奮起、替亞洲人民對抗西方，更沒有提到防堵共產主義。這些是日本軍部對外宣傳的重點，然而真正上戰場的日本軍人，他們心中只有天皇。

潘乃迪克得到大膽的結論：只要是天皇下詔投降，日本人應該就不會繼續戰鬥且是唯一的理由。所以當時潘乃迪克這一群顧問，大膽做了一個結論，他們說：如果這些人只認同天皇，那麼，只要是天皇下令投降，這些人就有充分理由不會繼續戰鬥。事情證明的確如此。當然我相信這群顧問當時在美軍去占領的時候，他們心裡一定也是忐忑不安的，那具體考驗著他們對日本是否真正理解。

這原本是個大膽的預測，然而從美軍登陸日本的第一天開始，證明了潘乃迪克的看法是對的。美國人幾乎沒有遭受任何挑戰，不只沒有游擊隊，甚至獲得日本人微笑打招呼歡迎。美國大兵開著吉普車穿過東京最熱鬧的街道，完全不會感到危險，不需要持槍護衛，更不需要列隊集體行動。幾個軍官一起就可以安心開車到日本鄉下，日本人會爭相出來看，年輕媽媽抱著小孩，還會拉起小孩的手來搖，更大的小孩則追在車子後面，跟美國人要食物、要口香糖。

很難相信，才短短一、兩個月前，美國是日本的死敵，造成態度大逆轉的，是兩個美國人很難理解的重要因素。在日本的文化，滲透入他們的日常生活中，天皇如此重要、面子也如此重要。

對於美軍占領，主流的意見，透過殘存的宣傳廣播系統反覆告誡日本國民的是：千萬不要在美國人面前丟臉。日本必須表現為一個有風度的戰敗國。戰爭中寧死不屈英勇作戰，因為不能顯現出懦弱讓人看扁了；戰後必須輸得起，以和平姿態迎接美國人，也是為了不能顯現小氣、小心眼被人看扁了。戰敗國也有好有壞，有光榮的戰敗國和不名譽的戰敗國。

天皇的重要性

潘乃迪克比較過日本和南太平洋原住民部落，兩種文化中都非常重視受辱，卻表現出很不一樣的社會氣氛。南太平洋原住民的生活很緊張，因為人與人的互動隨時可能出現羞辱的場面，他們很認真在查知、防止別人對自己的侮辱，一旦感覺自己受辱了，又必須花時間和精力報復。但相對地，日本社會卻顯得和善有禮，很少出現人與人之間突然爆發衝突。

日本人對受辱極其敏感。《菊與刀》書中有一個故事，說一個在美國發展成功的日本藝術家，回憶他如何去到美國。他住在四國的窮鄉下，得到了當地的基督教傳教士幫忙，讓他在教會中工作。和傳教士相處久了，他學會一點英語，十二歲時他立志想要去美國成為藝術家。他興沖沖地將這個想法講給牧師和他太太聽，牧師太太表現得很驚訝，說：「你怎麼可能會想要去美國啊？」第二天，這個小男孩就收拾了行囊，從此離開了家鄉，堅定地尋找途徑要去美國。

他永遠記得牧師太太當年對他的輕蔑。他說：「我可以原諒人的罪惡，甚至包括殺人都可以因為特別的理由而原諒，但我不能原諒一個人對我輕蔑，對我輕蔑等於是對我靈魂的謀殺。」

然而，和南太平部落不一樣的，極端在意受辱的日本社會形成了繁複的禮儀制度，避免人與人間可能出現辱人與受辱的情況。例如說去人家家裡拜訪，客人若沒被接待，那是受辱；但主人如果邋裡邋遢被客人看到，那也是受辱。於是即使住在窮鄉僻壤的小屋，沒有別的房間，主人會躲進屏風後面去整裝，客人當作沒看見、沒注意到，直到主人穿戴整齊了，沒有因誤會而使任何一方感到受辱的危險時，主客才就定位正式會面。

又例如男女相親一定要在公共場所，不能在男方家或女方家，而且相親男女主角一定不能說話。這是要讓相親看起來不像相親，好像只是其他人的會面場合，如此就不會有相親不成時究竟是誰拒絕了誰，誰可能被拒絕而受辱的問題，保全雙方的顏面。

鄉下地方男生夜裡偷偷去找女友，一定要戴上面具，為的是萬一女生有任何情況不能幽會，只要假裝沒有認出他就好了，男生不會因為被拒絕受辱而必須採取什麼保全面子的行動。

麥克阿瑟率領美軍到達日本，立即爭取到了日本民心，因為做了一個正確的決定，不將裕仁天皇列入戰犯名單，還保留了天皇的位子，只是規定裕仁必須聲明自己是人而不是神，並且從此日本天皇不得以任何方式介入政治。這替戰敗的日本保全了面子，讓日本人不需要擔心天皇受審時他們必須進一步承受的恥辱，連帶地使得後來的東京大審判對他們沒有那麼難以接受，再怎麼難堪的審判場面背後都隱藏著一份心安：幸好天皇不會、不用受審。

麥克阿瑟認知天皇是日本人真正的信仰中心，取消天皇將使得日本社會失去在戰後重建秩序的關鍵依賴。其實更重要的是，藉由保全天皇，麥克阿瑟解除了日本人必須為了尊嚴被傷害而採取行動的集體壓力。

戰後的日本政治運作

麥克阿瑟支持保有完全象徵性的天皇。從實質的政治運作上看，天皇已經不存在、沒有意義了，所以美國人不用擔心未來天皇會有獨斷權力發動戰爭；但在日本集體心理的層次上，天皇還在，可以圍繞著天皇信仰重建一套秩序。

然而反對保留天皇的日本政治思想家丸山真男卻批判美國人從來沒有弄懂日本天皇的權力本質。天皇在歷史上沒有實權，卻能在二十世紀中號召出發動戰爭的全民忠貞，這兩件事是二而一的。天皇什麼都不做，如此保證了天皇從來不會錯。天皇沒有權力非但不是天皇制中的問題，反而是最有利的一項條件，天皇什麼都不做才能永遠是對的。麥克阿瑟將軍認為拿掉了天皇的實權就沒問題了，但如此作法將天皇推回原本的歷史地位上，又變成了高高在上、與人間無涉、不可能犯錯的絕對領袖。

昭和時期天皇能要求日本人絕對效忠，不是靠天皇自身的charisma，而是靠過去天皇因為什麼都不做所以建立起絕對不錯的權威。對於像丸山真男這樣的自由派人士來說，應該趁著戰敗證明天皇錯了，證明天皇是會犯錯的，藉此取消日本文化中相信有人可以高於一般世俗對錯的信念。他們認為保留天皇制，使得日本無法真正民主化，因為還有天皇永遠不會被證明犯了錯，而民主本來就是建立在「人都會犯錯」的幽黯意識所形成的提防謹慎原則上的。

丸山真男指出了天皇制在日本戰後心靈上發揮的作用。日本人之所以沒有像德國人那樣沉默、壓抑，因為他們接受了天皇的絕對權威。去打仗是依照天皇命令，投降也是依照天皇命令，這裡沒有自由意志，也就沒有自由意志連帶而來的責任。天皇成為日本人逃避自由的最佳藉口。

一九四五年之後，盤旋在德國人心頭排解不了又無法回答的問題是：當希特勒上台時你在哪裡？你做了什麼？不是整體的德意志民族，而是每一個德國人，他們感受到個人的責任，逃避不了，所以只能保持沉默。他們絕大部分的人都沒有反抗希特勒，個人良心也讓他們編不出反抗的故事，那就必須對自己承認：我支持過納粹，至少默認納粹的權力與行為。

日本人卻可以將責任推給天皇，天皇不受審，等於日本沒有真正為了戰爭受審。他們自認都是服從天皇命令，戰後麥克阿瑟將軍豁免了天皇的罪責，日本人可以相應的認為自己沒有罪。

從收拾戰後局面來說，麥克阿瑟的做法再聰明不過，他變成了維持天皇不倒的背後權威，分享了天皇的地位，不只得到日本人的感激，甚至得到了日本人的崇拜。但對丸山真男來說，也正因此，由美軍主導訂定的日本新憲法無從由下而上建構起真正的民主。

民主是美軍由上而下賦予日本的，也是外來的。民主制度之所以重要，不是因為良善、有效，而是因為是美國人給的。這樣的理由無從建立正常運作的民主。

在這一點上，丸山真男的觀察、批判是對的。日本政治走上一黨長期執政的道路，形成了自民黨的派閥結構，那就是上面的權力壟斷者來決定政治事務，由上而下的機制。

從自由派走向國族主義

保留天皇，讓麥克阿瑟分享了天皇權威，甚至沾染了天皇的神聖性。連帶著美國文化大舉入侵，民主精神無暇和日本社會結合從底層培養起來，而是長期維持著強烈的舶來性質。

美軍總部在占領時期小心翼翼防堵武士道，然而占領時期一結束，日本就掀起了「時代小說」、「劍俠小說」、「劍俠電影」的熱潮，那其實就是武士道改頭換面捲土重來。美軍無法徹底禁絕日本傳統，民主和西方式的自由始終保持了外來的性質，以至於美軍撤離後，日本重新陷入本土傳統文化和西洋外來文化的激烈衝突中。

三島由紀夫在衝突浪潮中劇烈擺盪。戰後他先是擺向了西方式的現代慾望，在小說中揭露包括同性戀在內的種種慾望得不到滿足帶來的精神扭曲，以及從中展現帶點病態的美感。他原本是日本前衛的自由探索者，代表慾望衝動，卻在六〇年代的「安保鬥爭」、青年革命行動中，變得不再確定自己該站什麼樣的立場。

他像是一個被自己協助解放了的自由力量嚇了一跳的人。更年輕的一輩聲張自由，並在生活與行動中實踐自由，為自由冒險，展示熱情中的危險，如此氣氛卻使得三島由紀夫愈來愈不舒服，愈來愈懷疑這股力量的意義。

他逐漸遠離了慾望自由的立場，轉向右派日本國族主義價值觀。他強迫自己練劍道，還強迫自己認同傳統武士道。這個時期的三島由紀夫無法承擔自由帶給他的壓力。他的同性戀傾向，注定應該是被禁制、被壓抑、永遠無法完成的，如此才能有那份鬼魅之美。新的自由卻在號召他去實現、滿足這份禁忌的慾望。

三島由紀夫害怕自由。不自由的時候可以去追求自由，而且活在明知即使追求也得不到自由的悲劇美感中。現在這個社會卻逐漸走向不需要透過小說與象徵就可以用身體去完成慾望，對他構成太大的幻滅威脅了。於是他反過來拒絕自由，朝截然相反的方向走去，要去探尋最不自由的命運。

他找到了輪迴，那裡面沒有個人自由，他要說服自己命運無法抵抗，而輪迴是最清楚的命運形式，最長遠的制約。

這項追求又和前面提到的「贋品意識」有關。三島由紀夫拋掉原本脆弱的外表，展現強健，然而他一直害怕別人會發現新的強健是硬練出來的，不是真的。只有一種狀況能讓他擺脫這種「贋品焦慮」，那就是命運直接決定一個人，命運如何決定，你就是什麼。所以他去尋找輪迴的題材，用輪迴來寫《豐饒之海》。

但如果他真的完全相信輪迴，向輪迴信仰投降，將過去對於自由與慾望的所有念頭都如同繳械般拋棄，那麼他只能寫出俗濫的佛教宣傳品。他當然不可能遺忘過去，於是一生中的種種矛盾元素交雜在一起，形成了這麼一部了不起的四部曲小說。

未完成的「文明提案」

三島由紀夫選擇為鼓吹天皇信仰而死，主張必須要相信一個超越的、不能被違背的權威來保障存在。這是他認定的日本人存在方式，和西方人相信自由完全不一樣，他堅持要取消自由、遠離自由。

我們可以象徵性地說，他想要退回《假面的告白》小說開頭所描述的狀態，在母親子宮裡的狀態，而天皇信仰就是那個如同子宮般安全的空間。他訓誡自衛隊員竟然接受效忠憲法，明明憲法規定中軍人與武勇精神完全沒有地位，作為軍人卻以取消自我角色的規範為終極的權威，這太荒謬了。

三島由紀夫生命終點處呈現驚人的對比：他的《豐饒之海》具備最高的文學價值，然而他對自衛隊所說的一番話，他所信奉的天皇論，卻如此簡單、了無新意。正因為他臨終的演說太貧乏、太凌亂，我們必須回到《豐饒之海》中去梳理脈絡，才能真的明瞭他對傳統、社會身分、社會制約以及新的西方式自由的複雜思考。

《豐饒之海》中展現出他對西方自由觀念的高度不安，而他處理的方式是藉由小說想像創建一個「另類文明」的圖像。這個「另類文明」中雜混了日本傳統對於絕對權威的信仰，西方現代對於慾望深度的認知，加上印度文明對於時間的循環綿延看法，只存在於三島由紀夫的文學創造中。

他來不及更全面探索、呈現這個「另類文明」，只在《豐饒之海》中寫出了閃爍靈光，但已經足夠讓我們辨認，那確實是很迷人的一種文明可能性，沿著他的想像，會刺激出線性時間與循環時間錯雜的獨特美學。

這是一份未完成的「文明提案」，一幅對於可能文明雛形的初步描繪。

三島由紀夫年表

一九二五年	出生	出生於東京市四谷區，本名平岡公威。祖母是華族後代，幼年與祖母同住。
一九三一年	六歲	進入學習院初等科就讀，自幼受祖母影響，經常接觸藝文相關領域，對詩歌、俳句感興趣。
一九三七年	十二歲	進入學習院中等科就讀，離開祖母回到父母身邊。
一九四〇年	十五歲	以平岡青城的筆名開始投稿、發表詩歌與俳句。並在《輔仁會》雜誌發表短篇小說〈彩繪玻璃〉。
一九四一年	十六歲	開始撰寫短篇小說〈繁花盛開的森林〉，並開始使用「三島由紀夫」作為筆名。
一九四四年	十九歲	以第一名成績畢業於學習院高等科，並考進東京大學法學部（當時稱東京帝國大學）。同年出版第一本小說集《繁花盛開的森林》，一星期內四千本銷售完畢。

一九四六年	二十一歲	帶著自己創作的短篇小說〈菸草〉拜訪了川端康成，並在他的引薦下被刊登在《人間》雜誌上，成為三島由紀夫在文壇綻露頭角的關鍵。
一九四七年	二十二歲	大學畢業，通過高等文官考試，進入大藏省擔任公務員。同年於《人間》雜誌發表短篇小說〈春子〉。
一九四八年	二十三歲	辭掉大藏省的公職，專心投入寫作工作，並加入「近代文學」組織。陸續發表長篇作品《盜賊》、劇本《火宅》等。
一九四九年	二十四歲	出版第一部長篇小說《假面的告白》、短篇小說集《魔群的通過》。
一九五〇年	二十五歲	出版長篇小說《愛的饑渴》、《青色時代》。同年發生僧人火燒京都鹿苑寺（金閣寺）的重大社會事件，是三島由紀夫創作經典之作《金閣寺》的靈感來源。
一九五一年	二十六歲	開始連載長篇作品《禁色》，期間曾經中斷了十個月。同年出版《夏子的冒險》。
一九五三年	二十八歲	完成《禁色》系列完結篇，該作牽涉到複雜的同性與異性情慾，是三島由紀夫在《假面的告白》之後再次轟動文壇的作品，更明確地奠定了他的作家地位。

一九五四年	二十九歲	出版了中長篇小說《潮騷》，並以該作榮獲第一屆新潮社文學獎。出版不久後便被導演谷口千吉改編拍成電影，後來又數度被改編為影視作品。
一九五六年	三十一歲	出版《近代能樂集》、連載並出版長篇小說《金閣寺》，發表劇本《鹿鳴館》，在文學座創立二十週年紀念會上公演。《潮騷》被翻譯成英語版（*The Sound of Waves*）在美國出版，是三島由紀夫作品首度被引介到國外。以《金閣寺》獲得讀賣文學獎小說獎。
一九五七年	三十二歲	《近代能樂集》英文版出版，同年受邀赴美參訪，在密西根大學以《日本文壇的現狀與西洋文學間的關係》發表演說。
一九五八年	三十三歲	在川端康成牽線下，與畫家杉山寧的長女瑤子結婚。《假面的告白》英文版出版，著手撰寫《鏡子之家》，發表劇本《薔薇與海盜》。
一九五九年	三十四歲	出版散文隨筆《不道德教育講座》，《金閣寺》英文版出版，出版《鏡子之家》。
一九六〇年	三十五歲	主演電影《風野郎》，飾演落魄的黑道分子朝比奈武夫。出版《宴之後》，該作品以前外相有田八郎和東京知名料亭「般若苑」女主人之間的關係為原型。

一九六一年	三十六歲	出版短篇小說集《憂國》。《宴之後》遭有田八郎提告，捲入了官司。 發表劇本《十日之菊》，獲讀賣文學獎戲曲獎。
一九六二年	三十七歲	長男出生。年底發表長篇小說《美麗之星》。
一九六三年	三十八歲	和合作了十多年的「文學座」劇團公開反目。出版《午後曳航》。
一九六四年	三十九歲	出版《肉體學校》、《絹與明察》，並以《絹與明察》獲每日藝術獎。
一九六五年	四十歲	得到了諾貝爾文學獎提名，刺激他認真思考回歸小說創作，決定開筆寫「四部曲」結構的超長篇小說，開始連載《豐饒之海》第一部《春雪》。 同年將《憂國》搬上銀幕，自導自演。
一九六六年	四十一歲	《宴之後》與有田的官司達成和解。
一九六七年	四十二歲	開始連載《豐饒之海》第二部《奔馬》。四月以本名加入自衛隊，體驗軍旅一個半月左右的時間。
一九六八年	四十三歲	《禁色》英文版出版。出版評論集《太陽與鐵》，完成《豐饒之海》第二部《奔馬》，」開始連載第三部《曉寺》。八月取得劍道五段合格，十月主導成立了「楯之會」。
一九六九年	四十四歲	陸續出版《豐饒之海》第一部《春雪》、第二部《奔馬》。

一九七〇年	四十五歲	出版《豐饒之海》第三部《曉寺》。五月開始撰寫第四部《天人五衰》，並於十一月二十五日將全書完稿請新潮社派人取走，隨後就在同天中午偕同「楯之會」成員前往東京市谷陸上自衛隊東部方面總監部，切腹自殺。最後遺作《天人五衰》於翌年二月出版。

GREAT! 7208

追求終極青春：楊照談三島由紀夫

日本文學名家十講6

作者	楊照
封面設計	莊謹銘
協力編輯	陳亭妤
責任編輯	徐凡
國際版權	吳玲緯
行銷	何維民　吳宇軒　陳欣岑　林欣平
業務	李再星　陳紫晴　陳美燕　葉晉源
總編輯	巫維珍
編輯總監	劉麗真
總經理	陳逸瑛
發行人	凃玉雲
出版	麥田出版 地址：10483台北市中山區民生東路二段141號5樓 電話：(02)2500-7696 傳真：(02)2500-1967
發行	英屬蓋曼群島商家庭傳媒股份有限公司城邦分公司 地址：10483台北市中山區民生東路二段141號11樓 網址：www.cite.com.tw 客服專線：(02)2500-7718｜2500-7719 24小時傳真專線：(02)-2500-1990｜2500-1991 服務時間：週一至週五09:30-12:00｜13:30-17:00 劃撥帳號：19863813 戶名：書虫股份有限公司 讀者服務信箱：service@readingclub.com.tw
香港發行所	城邦（香港）出版集團有限公司 地址：香港灣仔駱克道193號東超商業中心1樓 電話：+852-2508-6231 傳真：+852-2578-9337
馬新發行所	城邦（馬新）出版集團【Cite(M) Sdn. Bhd.】 地址：41-3, Jalan Radin Anum, Bandar Baru Sri Petaling, 57000 Kuala Lumpur, Malaysia. 電話：+603-9056-3833 傳真：+603-9057-6622 讀者服務信箱：services@cite.my
麥田部落格	http://ryefield.pixnet.net
印刷	前進彩藝有限公司
初版	2022年07月
售價	400元
ISBN	978-626-310-229-3
電子書	978-626-310-235-4 (epub)
博客來版電子書	978-626-310-256-9 (epub)
KOBO版電子書	978-626-210-258-3 (epub)

國家圖書館出版品預行編目(CIP)資料

追求終極青春：楊照談三島由紀夫（日本文學名家十講6）／楊照著 -- 初版. -- 臺北市：麥田出版：家庭傳媒城邦分公司發行, 2022.07

面；　公分. --（Great! ; RC7208）

ISBN 978-626-310-229-3（平裝）

1.三島由紀夫　2.傳記　3.日本文學　4.文學評論

861.57　　111005551

城邦讀書花園
www.cite.com.tw

Printed in Taiwan.